Par-delà la haine
Hymne à la vie

Beyond hate
Ode to life

Clare Larau

Lyse loves life. Her positive energy is communicative. She deeply fell in love with the city she chose for graduate school, New-York City. Charming, enchanting, captivating, fascinating. Life smiles on her, everything is working out, at least, she faces with optimism the challenges she must sometimes handle. She is positive, enthusiastic, and she embraces each event that life presents to her. Surrounded by her family who supports her in everything she undertakes, she progresses, she searches, she finds, she evolves. Once she got her master's degree, she keeps on studying in the doctoral program. Her circle of friends is close and faithful. She likes to travel and enjoys this pleasure whenever she can. Thus, she has traveled many miles, has seen many different cities on several continents. She liked each place, each culture and corner of the world but it didn't prevent her from moving to other places to see what was going on elsewhere in the course of her studies.

Lyse aime la vie. Son énergie positive est communicative. Elle est réellement tombée amoureuse de la ville dans laquelle elle est venue faire ses études supérieures, New-York. Charmante, envoûtante, entraînante, fascinante. La vie lui sourit, tout lui réussit, du moins, elle surmonte avec optimisme les épreuves qu'elle doit parfois affronter. Elle est positive, enthousiaste et embrasse chaque événement que la vie lui présente. Entourée de sa famille qui la soutient dans tout ce qu'elle entreprend, elle avance, elle cherche, elle trouve, elle évolue. Une fois son master en poche, elle continue en doctorat. Son cercle d'amis est soudé et fidèle. Elle aime voyager et ne se prive pas de ce plaisir dès qu'elle le peut. Elle a ainsi parcouru de nombreux kilomètres et vu de nombreuses villes différentes sur plusieurs continents. Elle s'est attachée à chaque endroit, à chaque culture et coin de monde sans toutefois que cela ne l'empêche d'aller voir ce qui se passait ailleurs au fil de ses études.

The department of the university in which she studies fits perfectly, she flourishes, discovers herself, explores, explores herself, learns new things, is enriched by the contact with more experienced people, with other graduate students who come from different horizons, from varied and interesting cultures. The atmosphere in the department of philosophy where she studies is excellent. The professors are available for students, receptive and benevolent. The other graduate students are animated by the same thirst for knowledge and learning. They study seriously and the varied outings and parties bring the students relaxation and well-being. They evolve in a balanced way, support each other, and juggle harmoniously their studies and various extracurricular activities. Besides her graduate school friends, Lyse also has another circle of friends: her roommates. She was lucky enough to find a room in a nice apartment with generous and welcoming people. Her roommates' friends quite rapidly become her friends and this circle also contributes to her happy life in New York City. Thanks to them, who are for the most part American, Lyse discovers cultural aspects of the country and of the city that she didn't know or knew very little about before. She feels integrated and perfectly at ease in this new environment. Lyse enjoys sports, theater, dancing, she likes to read, to discover new authors and thinkers. Lyse is registered in different associations to volunteer. Her life is rich and blooming.

Le département de l'université où elle étudie lui convient parfaitement, elle s'épanouit, se découvre, explore et s'explore, apprend de nouvelles choses, s'enrichit du contact des aînés plus expérimentés, des autres étudiants qui viennent de différents horizons, de cultures variées et intéressantes. L'ambiance dans le département de philosophie dans lequel elle étudie est excellente. Les professeurs sont à l'écoute des étudiants, accessibles et bienveillants. Les autres étudiants sont animés d'une même soif de savoir et d'apprendre. Les études sont sérieuses et les diverses sorties et soirées viennent apporter détente et bien-être aux étudiants. Ils évoluent donc de manière équilibrée, se soutiennent et jonglent avec harmonie entre les études et les diverses activités extérieures. En dehors de ses amis étudiants, Lyse a également un autre cercle d'amis, celui de ses colocataires. Elle a eu la chance de trouver une chambre dans un appartement agréable et des personnes généreuses et accueillantes. Les amis de ses colocataires deviennent assez rapidement ses amis et ce cercle contribue également à sa vie heureuse à New-York. Grâce à eux, qui sont pour la plupart américains, Lyse découvre des aspects culturels du pays et de la ville qu'elle ne connaissait pas ou peu avant. Elle se sent intégrée et parfaitement à l'aise dans ce nouvel univers. Lyse apprécie le sport, fait du théâtre parfois, de la danse souvent, elle aime lire et découvrir de nouveaux auteurs et penseurs. Lyse est aussi inscrite dans plusieurs associations pour faire du bénévolat. Elle a une vie riche et épanouie.

Lyse also knows people who are French expatriates like her. She met several in different contexts, especially during the cultural activities organized by the French House of the university or by the ambassy. One day, she goes to a party organized by one of them. She meets Lenny again, a young man she had met a few years before through other French friends. Pleasure to see him again, pleasure to know someone else at the party. Pleasure to dance together on melodies that they both like so much. The end of the night announces the beginning of a love… and hate story. After the party, they go back to Lenny's place and don't part from then on. They see each other regularly, two or three times a week, sometimes more. Lyse and Lenny talk a lot, philosophize, laugh, sing, dance, pray. How could one ask for more? They are on the same wavelength at all levels it seems. They live a bit far from one another, but Lenny's apartment being downtown, Lyse goes to his place more often. They frequently dine at restaurants, go out dancing. They have a few common friends whom they see from time to time. Lyse introduces her friends to Lenny and vice versa. After a few months, they become more intimate, she stays at his place several days in a row. They grocery shop together, cook, talk with pleasure and ease. Lyse is getting her doctorate in philosophy and Lenny already finished his in science. He works in a research laboratory in the city. They share their interests. She tells him about her favorite books, he talks about science and explains to her some aspects of

Lyse a également des connaissances qui font partie des Français expatriés comme elle. Elle en a rencontré plusieurs dans divers contextes, notamment lors des activités culturelles organisées par la Maison française de l'université ou par l'ambassade. Un jour, elle se rend à une soirée chez l'un d'eux. Elle revoit Lenny, un jeune homme qu'elle avait rencontré quelques années auparavant à travers d'autres amis français. Plaisir de le revoir, plaisir de connaître quelqu'un d'autre à cette soirée. Plaisir de danser ensemble sur des rythmes qui leur plaisent tant à tous les deux. La fin de la soirée annonce le début d'une histoire d'amour… et de haine. Après la soirée, ils rentrent tous les deux chez lui et ne se quittent plus à partir de là. Ils se revoient régulièrement, deux ou trois fois par semaine, parfois davantage. Lyse et Lenny parlent beaucoup, philosophent, rient, chantent, dansent, prient. Que demander de mieux ? Ils sont sur la même longueur d'onde à tous les niveaux, semble-t-il. Ils habitent assez loin l'un de l'autre mais l'appartement de Lenny étant situé en centre-ville, Lyse va le plus souvent chez lui. Ils dînent fréquemment au restaurant, sortent danser. Ils ont quelques amis communs qu'ils voient de temps en temps. Lyse présente ses amis à Lenny et vice versa. Après quelques mois, ils deviennent plus intimes, elle reste chez lui plusieurs jours à la suite. Ils font des courses ensemble, cuisinent, bavardent avec plaisir et facilité. Lyse est en doctorat de philosophie et Lenny a fini le sien en sciences. Il travaille dans un laboratoire de recherche

the human body functioning. The richness of their exchanges charms them both. They go on romantic strolls together, go hiking, drive around to explore the city surroundings. One day, Lenny invites Lyse to go with him to the church that he regularly attends on Saturday mornings. Then they go back to his place for lunch, and he talks to her in length about his religion, his vision of life, he asks her a few questions on her perspective on God and faith. It seems like they understand each other and see things in a similar way. Lenny's religious faith reassures Lyse. She doesn't necessarily go to church regularly, but her faith is strong and she believes their common principles can lead them on the path to justice, truth, and peace.

A few months after their meeting, Lenny asks Lyse if she wants to move in with him. She is delighted by his request as she dreams of sharing his everyday life, of seeing him more often, of enjoying being with him every day. She prepares for the move, gradually brings in a few things at his place and one day she rents a car to bring in the rest of her belongings. She settles in with him and in a few weeks, she arranges the apartment, decorates, puts up nice colorful curtains, paintings on the walls, brings her personal touch to this apartment that they now share. She pays her part of the rent and his place becomes theirs. They

de la ville. Ils échangent donc sur leurs intérêts respectifs. Elle partage avec lui ses livres préférés, il lui parle de sciences et lui explique certains aspects du fonctionnement du corps humain. La richesse de leurs échanges les enchante tous les deux. Ils font des promenades romantiques ensemble, des randonnées, partent en voiture explorer les environs de la ville. Un jour Lenny invite Lyse à aller avec lui au temple où il se rend régulièrement le samedi matin. Ils rentrent ensuite déjeuner chez lui et il lui parle longuement de sa religion, de sa vision des choses, lui pose quelques questions sur sa vision de Dieu et de la foi. Il semble qu'ils se comprennent et voient les choses de la même façon. Le côté religieux de Lenny rassure Lyse. Elle n'est pas pratiquante régulière mais elle a une foi assez forte et croit que les mêmes principes peuvent les guider dans la voie de la justice, de la vérité et de la paix.

Quelques mois après leur rencontre, Lenny demande à Lyse si elle veut bien aménager avec lui. Elle est ravie de cette demande car elle rêve de partager son quotidien, de le voir davantage, de profiter de lui tous les jours. Elle se prépare donc à déménager, apporte progressivement quelques effets chez lui et un jour loue un véhicule pour transporter le restant de ses affaires. Elle s'installe chez lui et en quelques semaines, elle arrange un peu l'appartement, le décore, met de jolis rideaux colorés aux fenêtres, des tableaux aux murs, apporte finalement sa touche personnelle dans cet appartement qu'ils partagent désormais. Elle

keep growing closer, she tells him about her family, he tells her about his. Lyse's mother and father even come to New-York City for a week to meet Lenny. The moments they share are nice, the conversations are smooth and interesting. Lyse's parents are delighted that their daughter found such a good man to share her life with. They think he's interesting, smart, caring and they go back to France their mind at ease, thinking Lyse is in good hands. Lenny's parents live in the center of France, with the rest of his family, except for his brother who lives in another city. Lyse doesn't meet them but she talks on the phone with several family members.

On her birthday, Lyse spends the day at the university where she is a graduate student. She doesn't have any courses to take anymore, but she does research for her doctorate, and she is assistant to a professor who is publishing a book on contemporary philosophers. When she goes back home in the evening, she finds on the kitchen table a magnificent bouquet of roses, a box of chocolates, a beautiful birthday cake, a perfume set and a card with a few words written by Lenny. She is extremely happy and touched by these gestures. A little later in the evening, Lenny comes back from work and takes her out to dinner to one of their favorite restaurants. They are glad to relax together, to talk, to mention what

contribue à payer le loyer et son chez lui devient leur chez eux. Ils continuent à se rapprocher, elle lui parle de sa famille, il lui parle de la sienne. La mère et le père de Lyse viennent même passer une semaine à New-York pour rencontrer Lenny. Les moments partagés sont agréables, les conversations fluides et intéressantes. Les parents de Lyse sont enchantés que leur fille ait trouvé un homme aussi bien avec qui partager sa vie. Ils le trouvent intéressant, intelligent, attentionné et repartent en France l'esprit tranquille, pensant Lyse entre de bonnes mains. Les parents de Lenny vivent dans le centre de la France avec le reste de sa famille, seul son frère habite dans une autre ville. Lyse ne les rencontre pas mais elle parle à plusieurs membres de sa famille au téléphone.

Le jour de son anniversaire, Lyse passe la journée à l'université où elle étudie. Elle n'a plus de cours à suivre mais elle fait de la recherche pour son doctorat et elle assiste aussi un professeur dans la publication de son dernier ouvrage sur des philosophes contemporains. Elle rentre le soir et trouve sur la table de la cuisine, un magnifique bouquet de roses, une boîte de chocolats, un superbe gâteau d'anniversaire, un coffret de parfum et une carte avec quelques mots écrits de la main de Lenny. Elle est hors de joie de ces attentions qui la touchent profondément. Un peu plus tard dans la soirée, Lenny rentre du travail et l'amène dîner dans un de leurs restaurants favoris. Ils sont ravis de se détendre ensemble, de se parler, de se raconter

happened during their day, and to enjoy this intimate dinner. They share a delightful evening and Lyse is very pleased. The rest of the evening back to their place extends the magical birthday with the savoring of the cake and the rest of their romantic interactions.

A few months later, Lenny asks to talk to Lyse, he seems serious and she wonders what is going on. He takes her hand, tells her to sit down and after a few moving words, proposes. Flattered by this proposal, by this man's desire to commit to her for the rest of his life, by the kind and sweet words uttered by Lenny who promises to be next to her forever, to love her and support her, she accepts with joy. They both start getting ready for their wedding. They don't want a big wedding, but simply to both enjoy this special day that will unite them. They talk to a pastor who agrees to marry them after they take a short class for couples on marriage. They make reservations on a boat for a kind of dancing dinner cruise. They both search for outfits for this day that promises to be joyous. After looking for a dress in several stores, Lyse finds what she was looking for, a simple but elegant dress, classic and modern at the same time. Lenny easily finds a beautiful suit by a famous fashion designer; he has it tailored so that it fits perfectly. The day of the ceremony arrives: in the morning they get ready, Lyse goes to the hair salon then returns home to get dressed. After a simple but festive lunch, they both go to the church. The pastor welcomes them with open arms, he is happy to

leur journée et de profiter de ce moment en tête-à-tête. Ils passent une soirée délicieuse et Lyse est comblée. Le reste de la soirée de retour chez eux prolonge la magie de l'anniversaire avec la dégustation du gâteau et la suite de leurs échanges romantiques.

Quelques mois après, Lenny demande à parler à Lyse, il a l'air sérieux et elle se demande ce qui se passe. Il lui prend la main, lui dit de s'asseoir et après quelques mots touchants, lui propose de l'épouser. Flattée par cette demande, par la volonté de cet homme de s'engager pour le reste de sa vie avec elle, par les mots doux et gentils qui viennent de Lenny qui lui promet d'être à ses côtés pour toujours, de l'aimer et de la soutenir, elle accepte avec joie. Ils commencent tous les deux à faire les préparatifs pour leur mariage. Ils ne veulent pas faire une grande fête, mais souhaitent simplement profiter tous les deux de cette journée spéciale qui les unira. Ils parlent à un pasteur qui accepte de les marier après un petit cours sur le couple. Ils réservent deux places sur un bateau pour faire une sorte de mini-croisière lors d'un dîner dansant. Ils cherchent tous deux des habits pour cette journée qui s'annonce joyeuse. Après avoir fait de nombreux magasins, Lyse trouve finalement son bonheur, une robe simple mais habillée, assez classique et moderne à la fois. Lenny trouve très facilement un magnifique costume d'un grand couturier qu'il fait retoucher pour qu'il soit parfaitement à sa taille. Le jour de la cérémonie arrive : le matin, ils se préparent, Lyse va

unite them before God. The ceremony is short but beautiful. The newlyweds exchange wedding rings. They are both the same, Lenny's ring being slightly wider than Lyse's. The harmony that reigns between them is moving. The dinner cruise goes very well. The meal is excellent; they share a bottle of champagne and dance all night. The people who see them find them beautiful and tell them so. After the cruise, they go back home and Lyse finds on their bed a huge beautiful bouquet of roses, she is surprised and wonders when Lenny had time to buy it and put it there, but under the charm, she stops wondering, slips between his arms and delights in this new happiness.

The days of complicity and harmony go by just like before the wedding, Lenny is as attentive, charming, sweet, and kind. They continue to share and to enrich each other. However, a few weeks later, Lyse starts to perceive a slight change in her husband's attitude towards her. He seems to toughen quite a bit. He remarks on her behavior with other people they pass on the streets or interact with. He reproaches the fact that she looks at other men on the street. Lyse is not perfect but she is far from looking at men because she is attracted to them. She walks

chez le coiffeur puis rentre s'habiller. Après un déjeuner simple mais festif, ils se dirigent ensemble vers le temple. Le pasteur les accueille à bras ouverts, il est heureux de les unir devant Dieu. La cérémonie est courte mais belle. Les nouveaux mariés échangent les alliances. Elles sont toutes les deux les mêmes, celle de Lenny étant simplement un peu plus large que celle de Lyse. L'harmonie qui règne entre eux est émouvante. Le dîner-croisière se passe pour le mieux. Le repas est excellent ; Lyse et Lenny partagent une bouteille de champagne et dansent toute la soirée. Les gens qui les regardent les trouvent magnifiques et le leur font remarquer. Après la croisière, ils rentrent et Lyse découvre sur leur lit un énorme bouquet de roses, elle est surprise et se demande quand Lenny a eu le temps de l'acheter et de le placer là, mais sous le charme, elle cesse de s'interroger, se glisse dans ses bras et se délecte de ce bonheur nouveau.

Les journées de complicité et d'harmonie continuent comme avant leur mariage, Lenny est toujours aussi attentionné, charmant, doux et gentil. Ils ne cessent d'échanger et de s'enrichir mutuellement. Cependant, au bout de plusieurs semaines, Lyse commence à percevoir un léger changement dans le comportement de son mari à son égard. Il semble se durcir quelque peu. Il lui fait des remarques sur son attitude avec les autres personnes qu'ils croisent ou avec lesquelles ils interagissent. Lenny reproche à Lyse de regarder les autres hommes dans la rue. Lyse n'est

naturally on the street and looks where she is going, looks at people she passes without looking at men particularly. She doesn't really understand Lenny's remarks, but she thinks that maybe she doesn't realize what she does and promises him to be more careful. One day, they are about to cross a street, a car stops to let them cross. Lyse likes this kind of gratuitous gesture and raises her hand to thank the driver. She doesn't know if the driver is a man or a woman, but she thinks it is natural to thank someone who does something nice towards her or towards them. Lenny reproaches her for having thanked the driver and tells her that she shouldn't do it, since he is with her, it is his role. He is the man, he is her husband, she must stay in the background and let him handle everything. She shouldn't look too accessible to others and must be more reserved in her behavior. He believes he shouldn't have to share her with other people. Slightly shocked by this scene, she thinks that it is with politeness and pleasure that she thanks people who stop on the street for her to cross or who hold the door when she is behind them, but it clearly isn't Lenny's vision. She thinks it is a shame to have to constrain herself and to limit her natural tendencies. However, she is married and believes that she must try to make efforts to satisfy her partner.

These remarks start to spread to all aspects of

pas parfaite mais elle est loin de regarder les hommes par attirance. Elle marche naturellement dans la rue et regarde où elle va, regarde les gens qu'elle croise sans s'attarder particulièrement sur les hommes. Elle ne comprend pas vraiment les remarques de Lenny mais se dit qu'elle ne se rend peut-être pas compte de ce qu'elle fait et lui promet de faire plus attention. Un jour ils s'apprêtent à traverser une rue, une voiture s'arrête pour les laisser passer. Lyse lève la main pour remercier le chauffeur car elle aime ce genre de gestes gratuits. Elle ne sait si c'est un homme ou une femme qui conduit, mais elle trouve naturel de remercier quelqu'un qui fait un geste envers elle ou envers eux. Lenny lui reproche d'avoir remercié le conducteur et lui dit qu'elle n'a pas à le faire, comme il est avec elle, c'est son rôle à lui. C'est lui l'homme, c'est son mari, elle doit être en retrait et le laisser faire. Elle ne doit pas se montrer trop accessible et doit être plus réservée dans son comportement. Il juge qu'il n'a pas à la partager avec les autres. Un peu choquée de cette scène, elle pense que c'est avec politesse et plaisir qu'elle remercie les gens qui s'arrêtent pour la laisser passer, ou qui lui tiennent la porte quand elle arrive derrière eux, mais ce n'est clairement pas la vision de Lenny. Elle trouve dommage d'avoir à se brider de la sorte et de faire taire ses élans naturels. Cependant, elle est mariée, elle se dit qu'elle doit essayer de faire des efforts pour satisfaire son partenaire.

Les remarques de Lenny s'étendent peu à peu

her relations with others. She cannot smile or thank cashiers in supermarkets, especially if they are men. If Lenny sees her smile in a store, he accuses her of wanting to be with others. Things that seem completely trivial or innocent, such as thanking a clerk in a store, are the start of reproaches and scenes that Lyse finds completely disproportionate. As Lenny justifies his remarks in a way that may seem rational, Lyse accepts them and tries to question herself. She believes once again that maybe she doesn't realize her attitude is too friendly towards strangers. She starts to dread going out as everything is likely to cause trouble between her husband and her. She doesn't feel free anymore to walk with her head high, to look at people in stores, to talk to anyone. She wishes to satisfy her husband and to find again the harmony that characterized their couple at the beginning, by making efforts. At times, Lenny becomes again the charming man she married, Lyse's hope to find a sane balance takes its source in their happy past and in the future that awaits them.

The same remarks start to also invade her relations with their friends. One day, Lenny asks her to meet him at work as one of his colleagues is lending him his bike and his wife's bike so they can go ride in

à tous les aspects de ses rapports avec les autres. Elle ne peut sourire ou remercier les caissiers ou caissières au supermarché surtout si ce sont des hommes. Si Lenny la voit sourire dans un magasin, il l'accuse de vouloir se rapprocher des autres. Des choses qui lui semblent complètement anodines et innocentes, comme remercier un vendeur par exemple, donnent lieu à des reproches et à des scènes que Lyse juge complètement disproportionnées. Comme Lenny explique ses remarques d'une manière qui peut paraître rationnelle, Lyse accepte et essaie de se remettre en question. Elle se dit encore une fois qu'elle ne se rend peut-être pas compte que son attitude est trop amicale envers des inconnus. Elle commence cependant à appréhender toutes les sorties car il semble qu'elles sont toutes susceptibles de lui causer des ennuis avec son mari. Elle ne se sent plus libre de marcher la tête haute, de regarder les gens dans les magasins, de parler à qui que ce soit. Elle veut satisfaire son mari et retrouver l'harmonie de leurs débuts en faisant des efforts. A certains moments, Lenny redevient l'homme charmant qu'elle a épousé, les espoirs de Lyse pour trouver un équilibre sain puisent leurs sources dans leur passé heureux et dans l'avenir qui se dessine devant eux.

Des remarques similaires commencent à envahir aussi leurs rapports avec leurs amis. Un jour, Lenny demande à Lyse de passer le rejoindre au travail car un de ses collègues lui prête son vélo et celui de son

the city's parks. She meets him there; they go near the elevator where the bikes are parked. Lenny opens the padlocks and presses the elevator button. As they are waiting, another colleague says hi to Lenny who talks to him for a moment and introduces Lyse as his wife. His colleague asks Lyse questions which she answers normally. After he exchanged a few more words with Lenny, the colleague leaves and Lyse and Lenny go in the elevator to get out of the building to go ride the bikes. However, once they arrive downstairs, Lenny's face transforms, his sweet appearance and charming smile disappear and he starts accusing Lyse of having been too warm with his colleague, of having almost flirted with him. She is perplexed, as she was only polite and answered his questions. She does not understand how her husband can become so jealous and suspicious when she loves him, respects, and cherishes him. She has no desire to flirt with anyone, she is happy to be married, likes her new status, and does not understand where all these tensions come from. Usually, she immediately apologizes after her husband's remarks, but this time, she thinks he exaggerates and doesn't show respect for her by accusing her in such a way on any occasion. She is a bit upset and tells him that his attitude is irrational and is starting to annoy her. She tells him everything she feels and thinks about him, that she has no desire to become closer to anyone else. He seems to understand and to calm down, he even asks her to smile again and to start the planned bike ride. The day goes well even if deep

épouse, pour qu'ils puissent tous les deux faire une promenade dans les parcs de la ville. Elle le rejoint et ils se rendent près de l'ascenseur où les vélos sont accrochés. Lenny les détache et presse le bouton de l'ascenseur. Pendant qu'ils attendent, un autre collègue dit bonjour à Lenny, qui lui parle un instant et présente Lyse comme sa femme. Son collègue pose à Lyse plusieurs questions auxquelles elle répond normalement. Après avoir échangé encore quelques mots avec Lenny, le collègue prend congé et Lyse et Lenny entrent dans l'ascenseur pour sortir du bâtiment et aller faire leur promenade. Cependant, une fois qu'ils sont arrivés en bas, le visage de Lenny se transforme, son air doux et son sourire charmant disparaissent et il commence à accuser Lyse d'avoir été trop chaleureuse avec son collègue, d'avoir pratiquement flirté avec lui. Elle reste perplexe car elle a été simplement polie et a répondu à ses questions. Elle ne comprend pas comment son mari peut devenir aussi jaloux et suspicieux alors qu'elle l'aime, le respecte et le chérit. Elle n'a nulle envie de flirter avec qui que ce soit, elle est bien dans son mariage, aime son nouveau statut et ne comprend nullement d'où viennent toutes ces tensions. D'habitude, elle s'excuse immédiatement après les remarques de son mari, mais cette fois, elle trouve qu'il exagère et manque de respect envers elle en l'accusant ainsi à la moindre occasion. Elle est un peu fâchée et lui explique que son comportement est irrationnel et commence à l'irriter. Elle lui dit tout ce qu'elle ressent et pense de lui et qu'elle n'a aucune envie

down Lyse asks herself questions and hopes that Lenny will understand that he has nothing to fear and that his doubts will subside and disappear. Her wish seems to come true as for a little while, Lenny's attitude is sweet and caring again.

Things have calmed down and the couple seems to live peacefully. But, one day, Lenny and Lyse are invited to have lunch with friends. The young people have just had a baby and are rather busy. Despite this fact, they had the kindness to invite Lyse and Lenny and to cook probably part of the morning. The meal goes well, the conversations are interesting, and the different dishes delicious. Lyse helps out the young parents to clear the table between courses. After dessert, the young mother must go and take care of the baby. So, Lyse helps the young father to clear out the table, to bring the dishes to the kitchen and to organize a bit. In the afternoon, they settle on the deck to talk and have a few cold drinks. Early in the evening, Lyse and Lenny take the metro to go back home. Lyse is happy about the day and thinks that the evening is going to be enjoyable as well, but she wasn't expecting what was going to happen next. Lenny sits down across from her and tells her that he didn't like her behavior at all. He indeed reproaches her for having helped and

de se rapprocher de qui que ce soit d'autre. Il semble comprendre et se calmer, il lui demande même de lui sourire à nouveau et de commencer la promenade prévue. La journée se déroule bien même si au fond d'elle Lyse se pose quelques questions et espère que Lenny va comprendre qu'il n'a rien à craindre et que ses doutes vont s'apaiser et disparaître. Son espoir semble se concrétiser car pendant un petit moment, l'attitude de Lenny redevient douce et attentionnée.

Les choses se sont donc calmées et le couple semble vivre paisiblement. Mais un jour, Lenny et Lyse sont invités à déjeuner chez un couple d'amis. Les deux jeunes gens viennent d'avoir un bébé et sont donc assez occupés. Malgré cela, ils ont eu la gentillesse d'inviter Lyse et Lenny et de cuisiner certainement une bonne partie de la matinée. Le repas se déroule bien, les conversations sont intéressantes, et les différents plats délicieux. Lyse aide un peu les jeunes parents à débarrasser entre les plats. Après le dessert, la jeune maman doit aller s'occuper du bébé. Lyse aide donc le père à débarrasser les couverts, à apporter les plats dans la cuisine et à ranger quelques affaires. L'après-midi, ils s'installent sur la terrasse pour discuter et siroter des boissons fraîches. En début de soirée, Lyse et Lenny reprennent le métro pour rentrer chez eux. Lyse est ravie de sa journée et pense que la soirée va être agréable, mais elle ne s'attendait pas à ce qui allait suivre. Lenny s'assied en face d'elle et lui dit qu'il n'a pas du tout apprécié son comportement. Il lui reproche

for wanting to replace the host. Lyse had only wanted to help as the young mother was busy, but apparently her husband didn't see things in the same way. Lyse tries to explain to him why she helped out, that she didn't want to replace anyone, that she only tried to be useful. However, she cannot convince Lenny. He stays mad at her and starts to tell her that she isn't up to her role as a wife, that she doesn't know how to behave in society. All the way home, he continues to talk to her in that way, to put her down, to tell her, in a calm and direct manner, that she must change her attitude otherwise, she is not respectable. Lyse tries to respond but he doesn't listen to her. The discussion stops while they walk from the metro station to their apartment. They finally arrive home, Lenny continues his remarks, thinks that Lyse does not know her role as a married woman, that she must make efforts to be worthy of that title. Lyse doesn't know what to reply. Lenny is calm, she lets him talk as she questions herself more and more. Lenny then withdraws into himself and his face is like an impenetrable mask. Lyse starts reading but her mind is not free to concentrate on the story. She considers it useless to try to talk to Lenny again as he doesn't seem willing to hear her.

Things calm down the day after. But the

en effet d'avoir aidé et d'avoir voulu remplacer la maîtresse de maison. Lyse avait simplement voulu participer parce que la jeune maman était occupée mais apparemment son mari ne voyait pas les choses de la même manière. Lyse essaie de lui expliquer pourquoi elle avait aidé, qu'elle ne voulait pas remplacer qui que ce soit, mais qu'elle avait seulement essayé de se rendre utile. Cependant, elle ne réussit pas à convaincre Lenny. Il reste fâché contre elle et commence à lui dire qu'elle n'est pas à la hauteur de son rôle de femme, qu'elle ne sait pas comment se comporter dans la société. Tout le long du chemin, il continue à lui parler de la sorte, à la rabaisser, à lui dire de manière calme et directe, qu'il faut qu'elle change d'attitude car sinon elle n'est pas respectable. Lyse essaie de répondre mais il ne l'écoute pas. La discussion s'arrête le temps de marcher de la station de métro à leur appartement. Ils arrivent finalement chez eux, Lenny continue ses remarques, considère que Lyse ne connaît pas son rôle de femme mariée, qu'elle doit faire des efforts pour être digne de ce titre. Lyse ne sait que répondre. Lenny est calme, elle laisse dire car elle se remet de plus en plus en question. Ensuite, Lenny se renferme et son visage a l'aspect d'un masque impénétrable. Lyse se met à lire de son côté mais n'a pas vraiment l'esprit libre de s'imprégner de l'histoire qu'elle lit. Elle juge cependant inutile d'essayer de reparler à Lenny qui ne semble pas vouloir l'entendre.

Les choses se tassent le lendemain. Mais

atmosphere is not as relaxed as it was at the beginning between the newlyweds. Lenny is now reproaching Lyse for talking to her friends too much. Yet they are women, and she doesn't talk to them that often, once a week approximately, sometimes more, sometimes less. He judges their influence negative. Strangely enough, he considers them all in the same way without really knowing them. He met them several times but didn't talk much with them, so Lyse doesn't understand Lenny's reaction. Maybe he is afraid of any exterior influence. He seems to want to reign as a master and be the only one influencing Lyse. In order to not have to hear his reproaches and to avoid upsetting him, Lyse starts to be more distant with her friends. She already had to avoid her male friends, because according to Lenny, friendship between men and women is impossible. She stopped talking to her male friends, with whom, by the way, she didn't have any ambiguous relationship. She must now avoid her female friends. She doesn't call them anymore, doesn't always pick up her phone when they call. Her husband demands that Lyse tell him everything she does while he's at work. She doesn't want to have to tell him that she talked to her friends, so she barely talks to them. Despite Lenny's declarations on the impossibility to have friends of the opposite sex, he feels free to have female friends. He allows himself to go out with them, to have drinks with female colleagues whereas Lyse does not have the right, the authorization, to do the same. Besides, he needs her to tell him in detail what

l'ambiance n'est plus aussi détendue qu'au début entre les jeunes mariés. Lenny commence maintenant à reprocher à son épouse de trop parler avec ses amies. Pourtant, ce sont des femmes et elle ne leur parle pas si souvent que cela, une fois par semaine environ, parfois plus, parfois moins. Il juge leur influence négative. Bizarrement, il les considère toutes de la même façon sans réellement les connaître. Il les a rencontrées plusieurs fois mais n'a pas beaucoup discuté avec elles, Lyse ne comprend donc pas vraiment la réaction de Lenny. Peut-être a-t-il peur de toute influence extérieure. Il semble vouloir régner en maître et être le seul à influencer Lyse. Pour ne pas avoir à entendre ses reproches et pour éviter de l'énerver, Lyse commence donc à mettre une certaine distance entre ses amies et elle. Elle a déjà dû éviter ses amis hommes car selon Lenny, l'amitié entre les sexes opposés n'est pas possible. Elle a coupé les ponts avec ses amis masculins, avec lesquels elle n'entretenait d'ailleurs aucune relation ambiguë. Elle doit maintenant éviter ses amies femmes. Elle ne les appelle plus, ne décroche pas toujours son téléphone quand elles appellent. Son mari exige de Lyse qu'elle lui raconte tout ce qu'elle fait pendant qu'il est au travail. Elle ne veut pas avoir à lui dire qu'elle a discuté avec ses amies, donc elle ne leur parle presque plus. Malgré toutes les déclarations de Lenny sur l'impossibilité d'avoir des amis du sexe opposé, il ne se gêne pas pour avoir des amies. Il se permet de sortir avec elles, de boire des verres avec des collègues femmes alors que

she does every day even though he doesn't do so. Lyse will later discover many things about him, but she is for the moment blinded and still believes her husband is honest. She thinks he is simply strict about some interactions with others and that they will manage to get along and be in harmony again.

Little by little, Lenny is also beginning to isolate Lyse from her family. He tells her she talks to her parents too much, even though they don't call each other that often and see each other even less as her parents live in France and as Lyse generally goes there only once a year. He tells her that now her family is him, that her home is with him, that they are going to have children and that is what matters most. According to him, Lyse must be more mature and detach herself from her loved ones, as she is now his spouse. But on his side, Lenny continues to have good relations with the members of his family. He calls them regularly and spends hours on the phone with them. Lenny is thus close to his family members whereas he manages to create some distance between Lyse and hers. She doesn't dare call them when he is not around because he doesn't like it when he can't hear her conversations. To avoid upsetting him, she prefers to not call them too often. Lyse has a sister with whom she gets along very well. They sometimes email each other and Lyse

Lyse n'a pas le droit, l'autorisation, de faire la même chose. De plus, il a besoin qu'elle lui raconte en détail chacune de ses journées, alors qu'il n'en fait pas de même. Lyse apprendra beaucoup de choses par la suite, mais elle est pour le moment aveuglée et croit encore son mari honnête. Elle se dit qu'il est simplement strict sur certains rapports avec les autres et qu'ils parviendront à s'entendre et retrouver l'harmonie initiale.

Petit à petit, Lenny commence aussi à isoler Lyse de sa famille, il lui dit qu'elle parle trop souvent à ses parents, alors qu'ils ne s'appellent pas si régulièrement que cela et se voient encore moins puisque ses parents habitent en France et que Lyse ne rentre en général qu'une fois par an. Il lui dit que maintenant c'est lui sa famille, que son foyer est fondé avec lui, qu'ils vont avoir des enfants et que c'est ce qui compte le plus. Selon lui, Lyse doit mûrir et se détacher de ses proches car elle est maintenant son épouse. Or, de son côté, Lenny continue à entretenir de bons rapports avec les membres de sa famille. Il les appelle régulièrement et passe de très longs moments au téléphone avec eux. Ainsi, Lenny reste proche des membres de sa famille alors qu'il se débrouille pour éloigner Lyse des siens. Elle n'ose les appeler quand il n'est pas là car il n'aime pas ne pas pouvoir entendre ses conversations. Pour éviter qu'il se mette en colère, elle préfère ne pas les appeler trop souvent. Lyse a une sœur avec qui elle s'entend très bien. Elles s'envoient

appreciates this contact. But Lenny makes it clear to her that their interactions are too frequent, that as a married woman, she must not need her sister or her loved ones, that she must grow up and trust her husband more as he is there for her. Lyse can feel that any exterior influence, any contact with people who love her displease her husband. He wants to isolate her from everyone, to be her only resource, her only contact, her only point of reference. She wonders why she provokes in him so much suspicion. One day, she is talking to her mother and Lenny hears her asking for advice on a meal she would like to cook for the friends Lenny invited to dinner. Once she hangs up the phone, he reproaches her for not asking for his advice, as he knows how to cook, and he doesn't need her mother's recipes. He explains that she must stop counting on her family and that she must now rely solely on him, who is her husband. It is a lack of respect for him to not always put him first, to not go to him, and him only, for everything. After the phone call, Lenny takes care of the meal and prepares everything by himself, using his own recipes. He proves to Lyse that her mother's advice is completely useless and that they can do very well without. Maybe he is also afraid that people could congratulate Lyse, he cannot stand when people congratulate or admire her, he must always shine brighter than her. Not being of a competitive or arrogant nature, Lyse lets him talk and act. But all these details are beginning to undermine her. She wonders how she can live and prosper in such an environment.

parfois des messages et Lyse apprécie ce contact. Mais Lenny lui fait comprendre que ce rapport est trop fréquent, qu'en tant que femme mariée, elle ne doit pas avoir autant besoin de sa sœur et de ses proches, qu'elle doit grandir et faire davantage confiance à son mari qui est là pour elle. Lyse sent que toute influence extérieure, tout rapport avec des personnes qui l'aiment déplaisent à son mari. Il veut l'isoler de tous, être sa seule ressource, son seul contact, son seul repère. Elle se demande pourquoi elle provoque chez lui autant de suspicion. Un jour, Lyse parle à sa mère et Lenny l'entend lui demander des conseils sur un repas qu'elle veut cuisiner pour les amis que Lenny a invités à dîner. Une fois qu'elle a raccroché, il lui reproche de ne pas lui demander conseil à lui, qu'il sait très bien cuisiner et qu'il n'a pas besoin des recettes de sa mère. Il indique qu'elle doit cesser de compter sur sa famille et doit se reposer uniquement sur lui, qui est son mari. C'est lui manquer de respect de ne pas le faire toujours passer en premier, de ne pas le consulter, lui et lui seul, sur tout. Après l'appel, Lenny prend le repas en main et l'exécute seul du début à la fin, en appliquant ses propres recettes. Il montre à Lyse que les conseils de sa mère sont complètement superflus et qu'ils s'en passent très bien. Peut-être a-t-il également peur que les convives félicitent Lyse, il ne supporte pas qu'elle soit félicitée, admirée, il doit toujours briller plus qu'elle. N'étant pas d'un naturel compétitif et arrogant, Lyse laisse dire et faire. Mais tous ces détails commencent à la miner. Elle se demande comment elle

She wonders why the person who says is the closest to her cannot stop criticizing and tormenting her.

Lyse feels like she is wrongly accused, she starts to feel persecuted. She seems to never do what she is supposed to do according to her husband. She is afraid to talk to people, she watches herself so that she doesn't smile at anyone, she almost doesn't feel like going out with Lenny as she knows that it can lead to a crisis. Besides, he doesn't ask her to go out very often anymore. He wants to keep her for himself, only himself, in their small apartment that is beginning to feel like a prison. Then Lenny decides to harass her about her past. She had relationships before with other men, which she never hid from Lenny, they had talked about this before getting married, he also had relationships with several women. However, everything Lenny already knows is now becoming a problem. He frequently asks Lyse to give him details on her past relationships. She must explain precisely why she had been attracted to her previous companions, how the relationship had evolved, why the relationship had ended. He wants to hear again who had ended things, how it had happened, etc. His questions seem endless. He then obsesses over details, compares himself to others. He asks her to describe certain relations with meticulous details, to tell him if she was thinking and feeling the same things with him.

peut vivre et s'épanouir dans un tel environnement. Elle se demande pourquoi la personne qui se dit être la plus proche d'elle, ne cesse de la critiquer et de la brimer.

Lyse se sent accusée à tort, elle commence à se sentir persécutée. Elle semble ne jamais faire ce qu'il convient de faire selon son mari. Elle a peur de parler aux gens, elle se surveille pour ne pas sourire à qui que ce soit, elle n'a presque plus envie de sortir en compagnie de Lenny car elle sait que cela peut mener à une scène. D'ailleurs, il ne lui propose plus très souvent de sortir avec elle. Il veut la garder pour lui tout seul, dans leur petit appartement qui commence à ressembler à une prison. Puis Lenny décide de s'acharner sur le passé de Lyse. Elle a eu avant lui des relations avec d'autres hommes, ce qu'elle n'a jamais caché à Lenny, ils en avaient parlé avant de se marier, il avait lui aussi eu des relations avec plusieurs femmes. Cependant, tout ce que Lenny sait déjà commence à devenir un problème. Il lui arrive fréquemment maintenant de demander à Lyse de lui donner des détails sur ses relations passées. Elle doit expliquer précisément pourquoi elle avait été attirée par ses anciens compagnons, comment la relation avait évolué, pourquoi la relation s'était terminée. Il veut réentendre qui avait rompu, comment cela s'était passé, etc. Ses questions ne semblent pas avoir de fin. Il s'acharne ensuite sur des détails, se compare aux autres. Il lui demande de décrire certaines relations avec de

He seems to look for another truth than the one he already knows. But he doesn't find anything that satisfies him as he already knows everything, Lyse already told him about her past. Details don't change anything. He persists without Lyse understanding why. He seems to run in circles, asking for more explanations, he harasses her, demands that she repeat more clearly how this or that relationship went. He concentrates on certain relations, wants more details, he persecutes her to know more, always more, without being pleased; Lyse can't reassure him despite her patience and efforts. Nothing satisfies him. Maybe he is looking for flaws, faults, to not have to consider his wife more than his mother. He never ceases to compare them, to compare Lyse to his family, to tell her that she can never measure up to his sisters. He puts down Lyse on all aspects of her personality. According to him, she doesn't know how to behave as a wife, as a person, she doesn't know how to live in society, even though, up to that point, Lyse had never had any problems, before she had a normal life, sane and happy. Frustrated by the fact that he cannot find anything tangible and valid to reproach her, he accuses her of having met too many men and of being a whore. It is the conclusion of numerous conversations that run around in circles and don't lead anywhere. He had the same conclusion before he started talking. Nothing goes forward, but nothing seems to alter his opinion. It is negative, Lyse doesn't know why and nothing can change his mind. After these long tiresome

minutieuses précisions, de lui dire si elle pensait et ressentait les mêmes choses avec lui. Il semble chercher une autre vérité que celle qu'il connaît déjà. Mais il ne trouve rien qui le contente, il sait déjà tout, Lyse lui a déjà raconté son passé. Les détails ne changent rien. Il s'acharne sans que Lyse ne comprenne pourquoi. Il semble tourner en rond, demander des explications supplémentaires, il la harcèle, exige qu'elle répète plus clairement comment s'est déroulée telle ou telle relation. Il se focalise sur certaines relations spécifiques, veut encore des détails, il la persécute pour en savoir plus, toujours plus, sans qu'il ne soit contenté ; Lyse ne parvient pas à le rassurer malgré sa patience et sa bonne volonté. Rien ne le satisfait. Peut-être cherche-t-il des failles, des fautes, pour ne pas avoir à considérer sa femme plus que sa mère. Il ne cesse de les comparer, de comparer Lyse à sa famille, de lui dire qu'elle n'arrive pas à la cheville de ses sœurs. Il rabaisse Lyse sur tous les aspects de sa personnalité. Selon lui, elle ne sait pas comment se conduire en tant que femme, en tant que personne, elle ne sait pas vivre en société, alors que jusque-là Lyse n'avait eu aucun problème, avait avant une vie normale, saine et épanouie. Frustré de ne rien trouver de tangible et valable à lui reprocher, il l'accuse tout simplement d'avoir rencontré trop d'hommes et d'être une traînée. C'est la conclusion de nombreuses conversations qui tournent en rond et n'aboutissent finalement à rien. Il avait déjà la même conclusion avant de commencer à parler. Rien n'avance, mais rien ne semble altérer son

conversations, Lyse is beginning to lose hope, hope to find again the harmony that they shared at the beginning of their relationship.

One day, Lenny starts once again to ask Lyse questions about her past relationships. He asks more details, he wants her to compare her past experiences to the relation she has with him. He seems so sure of himself, wants to be strong, master of his life and his wife, but at the same time, in the end, he lacks assurance. He asks her to compare him to others, as he always seems to be afraid of not measuring up. He never admits it, but it is what seems to transpire from all these conversations, from all these questions and comparisons. Lenny has a peculiar relationship with sex. He forces Lyse to submit to his wishes, desires, which she must satisfy in any circumstance because, as Lenny reminds her frequently, it is her duty as a wife. He doesn't care about her, he always wants to prove that he is masculine, sexual. He wants to perform better than others, he wants to be the best in all aspects of life. Lyse doesn't compare him, she loves him and accepts him the way he is, she thinks he constitutes an interesting, rich and precious whole, at least that's what she thought but she is starting to doubt the truth and integrity of her husband. During these questioning sessions, Lenny insists, digs, searches, looks in vain for dirt that he cannot find. But he transforms reality and

opinion. Elle est négative, Lyse ne sait pas pourquoi et rien ne le fait changer d'avis. Après ces longues conversations épuisantes, Lyse commence à perdre espoir, espoir de retrouver l'entente qu'ils avaient connue au début de leur relation.

Un jour, Lenny recommence une fois de plus à poser des questions à Lyse sur ses relations passées. Il lui demande encore des détails, il veut qu'elle compare ses expériences passées avec les relations qu'elle a avec lui. Il semble si sûr de lui, se veut fort et maître de sa vie et de sa femme mais en même temps il manque finalement d'assurance. Il lui demande de le comparer aux autres car il semble toujours avoir peur de ne pas être à la hauteur. Il ne l'admet jamais mais c'est ce qui semble ressortir de toutes ces conversations, de toutes ces questions et comparaisons. Lenny a une relation particulière avec le sexe. Il soumet Lyse à ses envies, à ses désirs qu'elle doit satisfaire en toutes circonstances puisque, comme Lenny le lui rappelle souvent, c'est son rôle, son devoir de femme. Il ne se soucie pas d'elle, il veut sans cesse se prouver qu'il est masculin, sexuel. Il veut être plus performant que les autres, meilleur en tous points. Lyse ne le compare pas, elle l'aime et l'accepte comme il est, elle trouve qu'il forme un tout intéressant, riche, précieux, du moins elle le pensait mais elle commence à douter de la vérité et de l'intégrité de son mari. Lors de ces séances d'interrogatoires, Lenny s'acharne, creuse, fouille, cherche en vain des saletés qu'il ne trouve pas. Mais il

uses Lyse's past to accuse her, to show her she is worth nothing. His own past seems similar to Lyse's but he is beyond reproach, honest, right, perfect. The members of his family are also superior to Lyse who is a nobody, a whore. Lenny gets mad, takes it out on Lyse, tells her she is worth nothing. Maybe he exteriorizes all the frustrations and the hate caused by his past or created by his imagination. Lenny is a brilliant man, very smart, he succeeded in his studies and has an interesting job. But Lyse discovers that he is also paranoid. He thinks he sees shadows; he cannot sleep in a room that is too dark. These hallucinations seem to join the ones he has about Lyse. He doesn't perceive her as she is but sees her as she is not. He is totally mistaken about her, but he wants to manipulate her, to diminish her, to dominate her at all levels.

Considering Lyse unworthy of his trust, saying that on the street she looks at men too much and that men also look at her too much, Lenny starts changing her whole wardrobe. He tells her that she has no taste, no style, that he is going to show her what it means to dress as a woman. They go shopping together and Lenny picks what Lyse must wear. Gradually he also asks her to throw away everything she bought in the past. According to him, all clothes that she wore in the company of other people were not worthy of being in their wardrobe. She must part with most of the clothes

transforme la réalité et utilise le passé de Lyse pour l'accuser, lui montrer qu'elle ne vaut rien. Son passé semble équivalent à celui de Lyse, mais il est sans reproche, honnête, droit, parfait. Les membres de sa famille sont également supérieurs à Lyse qui est une moins que rien, une traînée. Lenny s'énerve, se défoule sur Lyse, l'insulte, lui dit qu'elle ne vaut rien. Peut-être fait-il sortir toutes les frustrations et la haine causées par son passé ou créées par son imagination. Lenny est un homme brillant, très intelligent, il a réussi ses études avec succès et a un poste intéressant. Mais Lyse découvre qu'il est aussi paranoïaque. Il croit voir des ombres, ne peut dormir dans une pièce trop sombre. Ces hallucinations semblent rejoindre celles qu'il a sur Lyse. Il ne la perçoit pas comme elle est mais la voit comme elle n'est pas. Il se trompe totalement sur elle mais il veut la manipuler, la rabaisser, la dominer à tous les niveaux.

Jugeant que Lyse n'est pas digne de confiance, qu'elle regarde trop les hommes dans la rue et que les hommes la regardent trop aussi, Lenny commence à changer toute sa garde-robe. Il lui dit qu'elle n'a pas de goût, pas de style, qu'il va lui montrer ce que s'habiller comme une femme veut dire. Ils vont ensemble faire les magasins et Lenny choisit ce que Lyse doit porter. Graduellement, il lui demande aussi de jeter tout ce qu'elle avait acheté dans le passé. Selon lui, les vêtements qu'elle avait portés en compagnie d'autres personnes n'étaient pas dignes de rester dans leur

she owns. Almost everything she chose and bought without Lenny is worthless. If a piece of clothing is too close to the body, it reveals that Lenny is right and that Lyse is a whore who likes to provoke men. Skirts above the knee show that she has issues with sex, that she wants to make herself accessible to anyone. She cannot wear jeans anymore as her husband considers them too provoking and says that no respectable woman wears them. Little by little, everything that used to constitute in the past her clothing identity disappears and her wardrobe transforms, she doesn't recognize herself. She feels like she has been transformed into an old-aged lady from another century. Even her face starts to change, her smile extinguishes, her sparkling eyes become gloomy. She is only the shadow of herself. She starts losing confidence in herself. She is starting to believe that her husband is right. The recurring attacks, the words chosen and repeated seem to enter Lyse's mind and heart, she doesn't recognize herself anymore, she doesn't really know who she is anymore, she doesn't know what she must believe and think anymore. She doubts herself, she doubts everything, she is lost, emptied of her substance. She becomes withdrawn and starts losing her radiance, as a flower that wilts, all this under the petty attacks of the one who is supposed to cherish her.

Lyse likes to play sports, in the past, she used to enjoy playing squash with a friend in the university

armoire. Elle doit se séparer de la plupart des vêtements qu'elle a. Pratiquement tout ce qu'elle avait choisi et acheté sans Lenny n'a pas de valeur. Si un vêtement est trop près du corps, il révèle que Lenny a bien raison et que Lyse est une traînée qui aime provoquer les hommes. Les jupes au-dessus du genou montrent qu'elle a un problème avec le sexe, qu'elle veut se rendre accessible à tous. Elle ne peut plus porter de jeans car ils sont jugés trop provocants par son mari qui dit qu'aucune femme respectable n'en porte. Petit à petit, tout ce qui constituait par le passé son identité vestimentaire disparaît et sa garde-robe se transforme, elle ne se reconnaît plus. Elle a l'impression d'être transformée en une dame âgée d'un autre siècle. Même son visage commence à changer, son sourire s'éteint, son regard pétillant devient morne. Elle n'est plus que l'ombre d'elle-même. Elle commence à perdre confiance en elle. Elle commence à croire que son mari a raison. Les attaques récurrentes, les termes choisis répétés semblent faire leur chemin dans l'esprit et le cœur de Lyse qui ne se reconnaît plus, qui ne sait plus vraiment qui elle est, qui ne sait plus ce qu'elle doit croire et penser. Elle doute d'elle-même, elle doute de tout, elle est perdue, vidée de sa substance. Elle se renferme et commence à perdre son éclat, comme une fleur qui se fane, tout cela sous les attaques mesquines de celui qui est censé la chérir.

Lyse aime faire du sport, dans le passé elle prenait plaisir à échanger quelques balles avec des amis

gym. But of course, it ended, as she doesn't have the right to play sports with anyone but her husband or the persons he chooses. Lenny advises a student who is doing an internship in his lab and is interested in what he is working on. He spends a lot of time with her, comes home late at night, but Lyse must not ask any questions. One day, he introduces her to Lyse and the young woman seems ill at ease. Lenny tells them that they should play squash together. They meet once but the young woman is remote and doesn't seem willing to play with Lyse or to talk to her. The match happens without any of them enjoying the moment. Lenny then tells Lyse they will play together as a couple. Lenny works a lot, he doesn't have much time to play sports with Lyse who is subject to his schedule constraints and even if her schedule is lighter, she must wait for her husband to be free. He knows she is better than him at squash, as she has been playing for years and used to play regularly before Lenny prevented her from doing so. They manage to find a time to play together and Lyse realizes later that Lenny's only motivation was to beat her. He wants to appear superior in every domain. He even buys a racket made with the latest technologies which is a lot better than the racket Lyse plays with. One day, she asks him to try it, he lets her play with it for a few rallies but when he sees he can't return her balls, he quickly takes his racket back. He insists on returning every ball and becomes frustrated when he can't. At the beginning, he wants to play a match and keep score, but when he realizes that he is

sur les courts de squash de l'université. Mais bien sûr cela avait pris fin, elle n'a pas le droit de faire du sport avec d'autres personnes que son mari ou que les personnes qu'il lui désigne. Lenny dirige une étudiante qui fait un stage dans son laboratoire et s'intéresse à ce sur quoi il travaille. Il passe énormément de temps avec elle, rentre tard le soir, mais Lyse ne doit pas poser de questions. Un jour il lui présente cette jeune fille qui semble très mal à l'aise. Lenny leur dit qu'elles devraient jouer au squash ensemble. Elles se rencontrent ainsi une fois mais la jeune fille est fermée et ne semble pas très disposée à jouer avec Lyse ou à lui parler. La partie se déroule tout de même sans que ni l'une ni l'autre n'apprécient le moment. Lenny dit ensuite à Lyse qu'il va jouer avec elle. Lenny travaille beaucoup, il n'a pas vraiment de temps pour faire du sport avec Lyse qui subit donc ses contraintes d'emploi du temps et même si le sien est plus léger, elle doit attendre que son mari puisse se libérer. Il sait qu'elle est meilleure que lui en squash, car elle joue depuis quelques années et jouait régulièrement avant que Lenny ne l'empêche de continuer. Ils parviennent à trouver un moment pour jouer ensemble et Lyse s'aperçoit que la seule motivation de Lenny était de la battre. Il veut se montrer supérieur à elle dans tous les domaines. Il achète même une raquette faite avec les dernières technologies qui est bien mieux que celle de Lyse. Elle lui demande un jour de l'essayer, il la laisse jouer avec pendant quelques échanges mais voyant qu'il ne peut rattraper ses balles, il s'empresse de

not winning, he says that they should just play without keeping score. Later, Lenny gives up squash, so Lyse must give it up too, as her husband wouldn't allow her to play with any partner. Lenny then suggests that they run together. Lyse likes the idea, as she used to run before. Once again, Lyse has more practice and endurance than he does, but she runs slowly to match Lenny's pace. His physical condition prevents him from being as fast as he would like to be, but he insists and wants to run faster and longer than Lyse. It is to no avail, and he decides to stop jogging. Lyse sometimes keeps jogging, going by herself, but the simple fact of her going out for a run is a source of problems. Indeed, Lenny accuses her of wanting to meet people, if she goes jogging outside by herself, it is to attract people's attention, so that men see her, look at her. Going out by herself, sweating in public, is not appropriate for a married woman. The benefit and the well-being she can feel after exercising are ruined by the bad mood and unkind remarks that greet her when she comes back. So that he has fewer things to reproach her for, less occasions to be mad at her, she decides to stop running, to go out less and less. She feels more and more prisoner of the apartment and the relationship.

récupérer sa raquette. Il s'acharne à vouloir renvoyer toutes les balles et devient frustré quand il n'y parvient pas. Au début il veut faire un match et compter les points mais quand il s'aperçoit que le score ne tourne pas à son avantage, il propose de faire simplement des échanges sans se soucier des points. Quelques temps plus tard, Lenny abandonne le squash, donc Lyse doit abandonner aussi, faute de partenaire autorisé par son mari. Lenny propose ensuite à Lyse de courir ensemble. Lyse aime l'idée car elle avait l'habitude de courir dans le passé. Et là encore, Lyse a plus d'entraînement et d'endurance que son mari, mais elle court lentement pour aller au rythme de Lenny. Le manque d'habitude empêche ce dernier d'être aussi performant qu'il le voudrait mais il s'acharne et aimerait courir plus vite et plus longtemps que Lyse. C'est peine perdue et il décide de mettre fin à leurs footings. Lyse continue parfois de courir, elle y va seule mais même le simple fait d'aller faire un footing est source de problèmes. Lenny l'accuse en effet de vouloir faire des rencontres, si elle va courir dehors seule, c'est pour attirer l'attention, pour que les hommes la voient, la regardent. Sortir seule, transpirer en public, n'est pas digne d'une femme mariée. Le bénéfice et le bien-être qu'elle peut obtenir en faisant du sport sont gâchés par la mauvaise humeur et les remarques désobligeantes qui l'accueillent à son retour. Pour que Lenny ait moins de choses à lui reprocher, moins d'occasions de se mettre en colère contre elle, elle ne court plus, ne sort presque plus. Elle se sent de plus en plus prisonnière

The same behavior appears concerning the specialty fields of the young couple. Lenny works in science, he works in a rather precise domain and could be considered a specialist of a particular topic. He likes to remind Lyse of this fact and to tell her that one cannot reach his level of competency without numerous years of study, that people who specialize in his area are rare. Lyse is finishing her doctoral dissertation in continental philosophy. She also specializes and knows well the authors and thinkers about whom she writes even if she does not boast about it. Lenny keeps telling her that it is not difficult to write a dissertation in philosophy, that one doesn't need to study as much as he did and that he is able to do so. He begins to read more philosophy books and plans on showing Lyse that he knows more than her. Besides, he accuses her of being intellectually arrogant, of criticizing certain works or writers, even though she never does so condescendingly. She is sometimes simply in disagreement with several ideas and her dissertation consists of reading differently certain works, so she disagrees with some authors but doesn't put them down, respecting everyone's freedom and diverging analyses. Lenny always finds a way to put her down. She successfully accomplishes her studies, she wins prizes, awards, fellowships, and does not boast about them. But Lenny thinks that she feels superior to others, even though according to him, what she does

de l'appartement et de la relation.

Le même comportement apparaît au niveau des domaines de spécialité des jeunes gens. Lenny est en sciences, il travaille dans un domaine assez précis et peut être considéré comme spécialiste d'un sujet particulier. Il aime le rappeler à Lyse et lui dire qu'il n'est pas possible d'arriver à son niveau sans de nombreuses années d'études, que rares sont ceux qui se spécialisent dans le même domaine que lui. Lyse est en train de finir d'écrire sa thèse de doctorat en philosophie continentale. Elle se spécialise aussi et connaît bien les auteurs et penseurs sur lesquels elle écrit, même si elle ne s'en vante pas. Lenny lui dit et lui redit qu'il n'est pas difficile d'écrire une thèse en philosophie, qu'il ne faut pas avoir étudié beaucoup avant et lui indique clairement qu'il est capable de le faire. Il commence à lire plus d'ouvrages de philosophie et ambitionne de montrer à Lyse qu'il en sait plus qu'elle. De plus, il l'accuse d'être arrogante intellectuellement, de critiquer certains livres ou auteurs, alors que ce n'est pas avec hauteur qu'elle le fait. Parfois, elle est simplement en désaccord avec certaines idées et sa thèse consiste à analyser différemment certaines œuvres, elle va donc forcément à l'encontre de plusieurs auteurs mais ne les rabaisse en aucun cas, respectant la liberté de chacun et les divergences d'analyses. Lenny trouve toujours un moyen de la rabaisser. Elle réussit ses études avec brio, elle obtient des prix, des récompenses, des bourses, et

is not difficult at all and has no value. He demonstrates to her that her domain is in the end not important, that it is useless. Sciences are useful and serve to improve the life of humans, whereas philosophy and all the writers she has been studying for years have no purpose, are a waste of time. All domains of her life are constrained. Everything she used to like to do before getting married is forbidden. All the qualities that others used to like in her are turned into flaws. Her smile is the sign that she wants to seduce and be with other men, her patience and kindness towards others are signs of weakness, her intelligence is a sign of arrogance, everything that defines her is denigrated. She is completely losing confidence in herself, she wonders who she is and what value she has and even if she still has any value. Coming from the person who is supposed to be the closest to her and the most loving, the perpetual attacks of all that used to make her personality and her strength make her vacillate.

Lyse got in touch with French professors of philosophy in Paris. She is planning a trip to see them and discuss her research with them. That year, Lyse obtained a scholarship to finance her studies, she has no obligation at the university, the assistantship of the professor being over, she can work from anywhere. Her husband asks her to make her stay as short as possible, but she has to stay there for three weeks as

ne s'en vante nullement. Mais Lenny pense qu'elle se sent supérieure aux autres, alors que selon lui, ce qu'elle fait n'est pas difficile du tout et n'a pas de valeur. Il lui démontre que son domaine n'est finalement pas important, qu'il est inutile. Les sciences sont utiles et servent à améliorer la vie des humains alors que la philosophie et tous les auteurs qu'elle étudie depuis des années ne servent à rien, sont une perte de temps. Tous les domaines de sa vie sont brimés. Tout ce qu'elle aimait faire avant de se marier lui est interdit. Toutes les qualités que les autres aimaient en elle sont tournées en défauts. Son sourire est signe de volonté de séduire et de faire des conquêtes, sa patience et sa gentillesse envers les autres sont signes de faiblesse, son intelligence est signe d'arrogance, tout ce qui la définit est dénigré. Elle perd complètement confiance en elle, se demande qui elle est et quelle valeur elle a et même si elle a encore une quelconque valeur. De la part de la personne qui est censée être la plus proche d'elle et la plus aimante, ces attaques perpétuelles de tout ce qui faisait sa personnalité et sa force la font vaciller.

Lyse est entrée en contact avec des professeurs français de philosophie à Paris. Elle prépare un voyage pour les voir et leur parler de ses recherches. Cette année-là, Lyse a obtenu une bourse pour financer ses études, elle n'a donc aucune obligation à l'université, l'assistanat du professeur étant terminé, elle peut travailler où elle le souhaite. Son mari lui demande de rendre son séjour le plus court possible mais elle est

the professors are not free at the same time. She could have stayed longer, could have taken this stay in France as an opportunity to go to conferences, to spend more time with her family, but her husband wants her to be back as quickly as possible and isn't very enthusiastic about the trip. Lyse goes anyway and must tell Lenny in detail everything she does, who she sees, who she talks to, where she is, at all times. She has the feeling of being held on a leash even from a distance. Lyse made the decision, with Lenny, to settle at her parents' for these three weeks and to go to Paris only to see the professors, which in a way reassures Lenny a bit. He doesn't trust her and doesn't want her to be in a big city by herself. She must call him several times a day to inform him of her every action. She does so and everything seems to go rather well. However, when she goes to Paris for her first appointment, Lenny is nervous, tense, his tone is cold and dry. Lyse stays at her sister's, which reassures Lenny a little. The day of the appointment with one of the professors, she calls Lenny when she is in front of the university as he had asked her to, she tells him how the trip from her sister's apartment to campus went, he asks her a few questions then lets her go to her meeting. She must call him once she is back at her sister's, which is what she does, she tells him how the meeting went and asks him how his day at work is going. Then they talk a bit more and Lenny tells Lyse to call him back before going to sleep. So, before going to bed, Lyse calls Lenny again and they talk a little, Lyse mentions the adapter she bought

obligée de rester trois semaines car les professeurs ne sont pas libres au même moment. Elle aurait pu rester davantage, profiter de ce moment en France pour aller à des conférences, pour passer plus de temps avec sa famille, mais son mari veut qu'elle rentre au plus vite et n'est pas très enthousiaste à l'idée de ce voyage. Lyse part malgré tout et doit raconter en détail à Lenny ce qu'elle fait, qui elle voit, à qui elle parle, où elle est, à tous moments. Elle a l'impression d'être tenue en laisse même à distance. Lyse décide avec Lenny de s'installer chez ses parents pour ces trois semaines et d'aller à Paris uniquement voir les professeurs, c'est ce qui rassure en quelque sorte Lenny. Il ne lui fait pas confiance et ne veut pas la savoir seule dans une grande ville. Elle doit l'appeler plusieurs fois par jour et l'informer de ses moindres faits et gestes. Elle ne manque pas à son obligation et tout semble se passer assez bien. Cependant, lorsqu'elle va à Paris pour son premier rendez-vous, Lenny est anxieux, tendu, son ton est froid et sec. Lyse va dormir chez sa sœur, ce qui apaise un peu Lenny. Le jour de son rendez-vous avec un des professeurs, elle appelle Lenny lorsqu'elle est devant l'université comme il le lui avait demandé, elle lui raconte comment s'est passé le trajet entre l'appartement de sa sœur et l'université, il lui pose quelques questions puis la laisse partir à son entretien. Elle doit l'appeler en rentrant chez sa sœur. C'est ce qu'elle fait, elle lui raconte comment s'est déroulé le rendez-vous et lui demande comment se passe sa journée au travail. Puis, ils discutent encore un peu

for her computer as the topic of the conversation was about computers. However, she hadn't told Lenny that she had stopped at a store to buy it. This omission triggers Lenny's anger. How did she dare stop at a store without telling him? He thinks she hid the fact that she went to a store to buy the adapter because she took this opportunity to see acquaintances, friends, ex-boyfriends. However, Lyse didn't stop for long and called Lenny as soon as she arrived at her sister's at the end of the afternoon, but Lenny doesn't look for logic, and doesn't want to see and understand that she only stopped to buy what she needed without meeting anyone. He refuses to hear anything and distance stirs up his worries. His lack of trust in Lyse is blatant, the fact that she is far away makes Lenny even quicker to become angry and his accusations are more marked and violent. The phone call is never-ending, Lenny attacks Lyse, accuses her, demands that she apologize. She does so, she cries before the continued attacks, her explanations being vain. Lenny repeats the same things, the conversation goes around in circles, doesn't progress, the conclusion is repeated several times, Lyse is wrong and doesn't know how to behave as a married woman worthy of the name. When Lenny finally decides they can hang up, she is tired, exhausted by her husband's attitude and by what she is obliged to do to reassure him. To apologize profusely even though she hasn't done anything wrong, oppresses her, the situation oppresses her, sadness oppresses her. The day after, Lenny seems a bit calmer and the fact that Lyse

et Lenny dit à Lyse de le rappeler avant d'aller se coucher. Avant d'aller au lit, Lyse rappelle donc Lenny et ils échangent un peu, Lyse mentionne l'adaptateur qu'elle a acheté pour son ordinateur car le sujet de la conversation s'est porté là-dessus. Cependant, elle n'avait pas dit à Lenny qu'elle s'était arrêtée dans un magasin pour l'acheter. Cet oubli déclenche sa colère. Comment a-t-elle osé s'arrêter dans un magasin sans le lui dire ? Il pense qu'elle lui a caché le fait qu'elle est allée acheter son adaptateur car elle en a profité pour voir des connaissances, des amis, des ex-copains. Lyse ne s'est pourtant pas arrêtée longtemps et a appelé Lenny en arrivant chez sa sœur en fin d'après-midi, mais Lenny ne cherche pas la logique, ne veut pas voir et comprendre qu'elle s'est uniquement arrêtée pour acheter ce dont elle avait besoin sans rencontrer qui que ce soit. Il ne veut rien entendre et la distance attise ses inquiétudes. Son manque de confiance en Lyse est flagrant, le fait qu'elle soit loin rend Lenny encore plus rapide à la colère et ses accusations se font plus marquées et violentes. La conversation téléphonique est interminable, Lenny s'acharne, accuse Lyse, exige des excuses. Elle s'exécute, en arrive à pleurer devant les attaques incessantes, ses explications étant vaines. Lenny répète les mêmes choses, la conversation tourne en rond, n'avance pas, la conclusion est maintes fois répétée, Lyse a tort et ne sait pas se comporter en tant que femme mariée digne de ce nom. Quand Lenny décide enfin qu'ils peuvent raccrocher, Lyse est fatiguée,

is going back to her parents' seems to reassure him a little. The rest of her stay goes rather well despite the tension now present in every conversation at every call. Lyse must be reachable at any moment, at any time during the day or night. Thankfully her mother is lending Lyse her cell phone, which enables Lenny to call her whenever he wants, to watch her closely. Lyse must go back to Paris for her second appointment. Lenny is becoming more nervous and distrustful. Lyse calls him as soon as she arrives in Paris. She is at her sister's, Lenny is surprisingly a bit calmer. He becomes sweet and nice again. The next morning, Lyse calls Lenny and tells him that she will call him again in the afternoon when she gets back to her sister's. Lyse must go to her meeting and go back directly. After her meeting, she quickly takes the metro to take the train that brings her to her sister's. Unfortunately, Lenny calls her while she is in the metro, her phone has no reception and he doesn't leave a message. As soon as she arrives at her sister's, Lyse calls Lenny, she's serene and plans on telling him how her meeting with the second professor went, but she hears from his first words that Lenny's tone is stressed. She wonders why and she doesn't have time to think for a second that a wave of accusations lands on her. It is not normal that her husband cannot reach her at any moment. Why did she turn off her phone during the day? She must have made an appointment with someone or she must have met somebody. Lyse tries to explain to Lenny that she was in the metro and that she had no reception, but

épuisée par l'attitude de son mari et par ce qu'elle est obligée de faire pour le rassurer. Se confondre en excuses alors qu'elle n'a rien fait de mal l'accable, la situation l'accable, la tristesse l'accable. Le lendemain Lenny semble un peu calmé et le fait que Lyse retourne chez ses parents semble le rassurer un peu. La suite du séjour se déroule à peu près bien malgré la tension présente dans chaque conversation à chaque appel. Lyse doit être joignable à tout moment, à toute heure du jour et de la nuit. Heureusement sa mère lui prête son téléphone portable, ce qui permet à Lenny de l'appeler quand il le veut, pour la surveiller de plus près. Lyse doit retourner à Paris pour son deuxième rendez-vous. Lenny devient plus nerveux et méfiant. Lyse l'appelle dès qu'elle arrive à Paris. Elle est chez sa sœur, Lenny semble, étonnamment, un peu apaisé. Il redevient doux et agréable. Le lendemain matin, Lyse appelle Lenny et lui indique qu'elle le rappellera dans l'après-midi en rentrant chez sa sœur. Lyse doit aller à son rendez-vous et rentrer directement. Après son entretien, elle prend rapidement le métro pour se rendre à la gare prendre un train qui l'amène chez sa sœur. Par malheur, Lenny appelle alors qu'elle est dans le métro, son portable n'a pas de réseau et il ne laisse pas de message. Arrivée chez sa sœur, Lyse appelle Lenny sereine et compte lui raconter comment s'est passé son rendez-vous avec le deuxième professeur mais elle entend dès les premiers mots que le ton de Lenny est agité. Elle se demande pourquoi et n'a pas le temps de réfléchir une seconde qu'une vague

nothing calms him down. He tells her that he wants to know in detail what she did during the afternoon but even truth doesn't satisfy him, he continues to accuse her and she feels helpless. She tries to defend herself as she must answer Lenny's questions, but all her answers are discarded by the anger and violence of Lenny's accusations. How could she prove to him that she was indeed in the metro, that she hadn't met anyone, that she wasn't trying to see nor seduce anyone? How could she use reason with a person sometimes so rational who seemed to lose all perspective and sight of reality when he let his paranoid imagination talk? She waits patiently on the phone, waits for the storm to pass. Lenny is at work and must go back to what he was doing before she called. This ends the conversation, but it doesn't end the accusations that will reappear stronger during the next phone call. Indeed, in the evening, the same conversation resumes, the same criticism, the same questions Lyse must answer again. The truth does not satisfy Lenny, he insists, Lyse apologizes profusely, cries again, reaches the limits of her strength, of her resources, unable to show the truth, the reality to her husband. Fortunately, Lyse's departure is getting closer and Lyse is glad to go back so that Lenny can finally calm down, but she is going back to New York City exhausted by Lenny's jealousy which made her trip difficult. Not only did he restrict her and prevent her from fully enjoying her stay but he also wrongly accused her and put her down. Once she's back at their place, life goes on as best as it can.

d'accusations s'abat sur elle. Il n'est pas normal que son mari ne puisse pas la joindre à tout moment. Pourquoi avait-elle éteint son portable dans la journée ? Elle devait certainement avoir donné rendez-vous à quelqu'un ou avoir fait une rencontre. Lyse essaie d'expliquer à Lenny qu'elle était dans le métro et n'avait pas de réseau, mais rien ne l'apaise. Il lui dit qu'il voulait savoir ce qu'elle avait fait en détail pendant l'après-midi mais même la vérité ne le satisfait pas, il continue à l'accuser et elle se sent impuissante. Elle essaie de se défendre car elle doit répondre aux questions de Lenny, mais toutes ses réponses sont balayées par la colère et la violence des accusations de Lenny. Comment lui prouver qu'elle était bien dans le métro, qu'elle n'avait rencontré personne, qu'elle n'essayait de voir ni de séduire personne ? Comment utiliser la raison face à un individu pourtant parfois si rationnel qui semblait perdre toute perspective et perdre de vue la réalité quand il laissait s'exprimer son imagination paranoïaque ? Elle patiente donc au téléphone, attend que la tempête se calme. Lenny est au travail et doit retourner s'occuper de ce qu'il faisait avant son appel. Cela met fin à la conversation mais pas aux accusations qui se font plus vives lors de l'appel suivant. En effet, le soir venu, la même conversation reprend, les mêmes critiques, les mêmes questions auxquelles Lyse doit à nouveau répondre. La vérité ne satisfait pas Lenny, il s'acharne, Lyse se confond en excuses, pleure à nouveau, à bout de forces, à bout de ressources, impuissante à montrer la vérité, la réalité à son mari.

Lyse thinks about this and realizes that Lenny doesn't trust her and after a remark Lenny makes, she understands that he was afraid that she wanted to see an ex-boyfriend while she was in Paris. Before meeting Lenny, Lyse was in good terms with him, but when she started dating Lenny she had stopped talking to him as Lenny didn't view these kinds of relationships as normal. He had assured her that he had done the same, but she would later learn that it wasn't true. Lyse doesn't know it yet but Lenny still keeps in touch with two of his ex-girlfriends. At a party, one of them is even present, it is normal, he has the right to keep in touch whereas Lyse cannot do the same. They speak naturally, Lenny introduces her to Lyse, whereas the opposite would have been unthinkable. After Lyse came back from France, Lenny is sure that she saw her ex-boyfriend, he accuses her of just this. She has no contact whatsoever with him and evidently didn't see him, didn't talk nor write to him. She is not perfect but she keeps her promises. She promised Lenny she wouldn't keep in touch and that's what she's doing.

Heureusement, le départ approche et Lyse est contente de rentrer pour que Lenny se calme enfin, mais elle retourne à New-York épuisée par la jalousie de Lenny qui lui a rendu ce voyage pénible. Non seulement il l'a brimée et l'a empêchée de profiter pleinement de ce séjour mais en plus il l'a accusée et rabaissée à tort. Une fois de retour chez eux, la vie continue tant bien que mal.

Lyse réfléchit et se rend compte que Lenny ne lui fait pas confiance et après une nouvelle remarque elle comprend qu'il avait peur qu'elle revoie un ancien compagnon lorsqu'elle était à Paris. Avant de rencontrer Lenny, Lyse entretenait de bons rapports avec lui mais au début de leur relation elle avait complètement coupé les ponts car Lenny n'estimait pas normal ce genre de rapport. Il lui avait affirmé qu'il en avait fait de même mais elle apprendrait ultérieurement que cela n'était pas vrai. Lyse ne sait pas encore qu'il entretient toujours des relations avec deux de ses anciennes compagnes. Lors d'une soirée l'une d'elles est même présente, c'est normal, il a en effet le droit de garder des contacts alors que Lyse ne peut pas en faire de même. Ils se parlent naturellement, Lenny la présente à Lyse, alors que l'inverse aurait été impensable. Après le retour de Lyse de France, Lenny est certain qu'elle a revu son ancien compagnon, il le lui affirme. Elle n'a plus du tout de contact, ne l'a évidemment pas vu et ne lui a ni parlé ni écrit. Elle n'est pas parfaite mais elle tient ses promesses. Elle avait

Besides, she must tell Lenny everything she does, so she had called him many times during her stay to tell him in detail what she was doing. But he is not persuaded nor convinced by the truth. As for him, Lenny doesn't tell her everything he does. When she is working on the budget, Lyse indeed notices by chance that Lenny went out in a neighboring bar while she was in France even though he had told her that he didn't go out. She asks him if he did and he replies that he doesn't have to tell her everything and that if he had told her that he was going out, she would have been jealous. Lyse is baffled by this way of reasoning but her questions trigger accusations, Lenny tells her that she also certainly went out while she was in France even though it was not the case. Lyse doesn't know how to react anymore. She has the proof that Lenny is lying to her and that he doesn't trust her as she knows that all his accusations are not justified. A few days later, another fight breaks out on the same topic and Lyse suggests to Lenny that they go see a psychologist who could maybe help them face these trust issues and could calm Lenny's overactive imagination, which accuses her wrongly. This idea sets off Lenny's anger, he now accuses Lyse of thinking he is a crazy, mentally ill person who needs to be healed. This is not yet what Lyse thinks, she simply wants them both to be able to talk to someone outside their couple, she thinks that this person could maybe make Lenny understand that his behavior is not normal, not rational, and that it is detrimental to their couple. The image she had of him

promis à Lenny de ne plus avoir de contact et c'est ce qu'elle fait. De plus, elle doit dire à Lenny tout ce qu'elle fait, elle l'avait donc appelé tout au long de son séjour pour lui raconter tout en détail. Mais il n'est ni persuadé ni convaincu par la vérité. Lui, de son côté, se garde bien de parler à Lyse de tout ce qu'il fait. En faisant les comptes, Lyse s'aperçoit en effet par hasard que Lenny est sorti dans un bar du quartier pendant qu'elle était en France alors qu'il lui avait affirmé qu'il n'était pas sorti. Elle l'interroge à ce sujet et il lui répond qu'il n'a pas à tout lui raconter et que s'il lui avait dit qu'il sortait un soir, elle aurait été jalouse. Lyse reste perplexe devant cette façon de raisonner et ses questions donnent lieu à des accusations, Lenny lui dit qu'elle est aussi certainement sortie pendant qu'elle était en France alors que ce n'est pas le cas. Lyse ne sait plus comment réagir. Elle a la preuve que Lenny lui ment et qu'il ne lui fait pas confiance car elle sait que toutes ses accusations ne sont pas fondées. Quelques jours après, une autre dispute éclate sur le même sujet et Lyse propose à Lenny d'aller voir un psychologue qui pourrait peut-être les aider à surmonter ces problèmes de confiance et à faire taire l'imagination débordante de Lenny qui accuse Lyse à tort. Cette idée déclenche la colère de Lenny qui accuse maintenant Lyse de le prendre pour un fou, un malade mental qui a besoin de se faire soigner. Ce n'est pas encore ce que Lyse pense, elle veut simplement qu'ils puissent tous les deux parler à quelqu'un d'extérieur à leur couple, elle pense que cette personne pourrait peut-être faire

is indeed starting to tarnish and she believes that her couple has a fundamental problem that needs to be solved. She thinks that trust is one of the essential elements in a couple. Without trust, serenity and happiness are not possible. Lenny is neither serene nor happy and he is managing to make Lyse unhappy. However, she doesn't think she is the source of Lenny's problems. No matter what she does, he gets mad, she considers that he has some issues that are exterior to their relationship. Seeing a psychologist is, for her, a way of trying together to build or rebuild their relationship on sane foundations. The violence of Lenny's reaction makes her understand that this cannot be a solution and that she must never mention this topic ever again.

Days go by, Lenny is withdrawn but no scene happens until an incident that occurs while they are out shopping. They first buy a few things at the supermarket then when they leave, they stop at a liquor store and buy a bottle of wine. Of course, it is Lenny who talks to the storekeeper, Lenny asks him a question about the wine and is about to pay. The cashier asks for his ID and makes a remark on his age, a rather funny comment, but in no way mocking or mean. This little joke makes Lyse smile, but she quickly loses her smile when her eyes meet Lenny's cold glance. However, he appears calm; when they leave the store, he starts to ask Lyse why she smiled, if she

comprendre à Lenny que son comportement n'est pas normal, pas rationnel et qu'il fait du tort à leur couple. L'image qu'elle avait de lui commence en effet à se ternir et elle considère que son couple a un problème fondamental qu'il faut résoudre. Elle pense que la confiance est un des éléments essentiels des relations. Sans elle, la sérénité et le bonheur ne sont pas possibles. Lenny n'est ni serein ni heureux et il parvient à rendre Lyse malheureuse. Elle ne pense pas cependant être la source des problèmes de Lenny. Quoi qu'elle fasse, il s'énerve, elle considère qu'il a un problème extérieur à leur couple. Aller voir quelqu'un est pour elle une façon d'essayer ensemble de bâtir ou rebâtir leur relation sur des bases saines. La violence de la réaction de Lenny lui fait comprendre que ce n'est pas une solution et qu'elle ne doit plus jamais mentionner ce sujet.

Les jours passent, Lenny est renfermé mais aucune scène ne se produit jusqu'à un incident qui leur arrive pendant qu'ils sont allés faire des courses. Ils font d'abord quelques emplettes dans un supermarché puis en sortant, ils s'arrêtent dans un magasin d'alcool et achètent une bouteille de vin. C'est bien sûr Lenny qui parle au commerçant, il lui pose une question sur le vin puis s'apprête à payer. Le caissier lui demande une pièce d'identité et fait une remarque sur son âge, une remarque assez drôle et en aucun cas moqueuse ou méchante. Cette petite blague fait sourire Lyse, mais elle perd vite son sourire quand elle rencontre le regard froid que lui lance Lenny. Il est cependant calme ; en

thought the joke at his expense was so funny that she had to smile. She tries to explain to him that it wasn't a mean joke but that it was rather on the part of the salesperson a way of establishing a connection with his customer, but Lenny doesn't want to hear anything she is saying and tells her calmly that she is, according to him, too open to others, that she doesn't respect him as she smiles at jokes made at his expense, and these remarks continue all along the way until they get to their place. His tone gets meaner as soon as they are in their apartment. He makes a scene again, oppresses her, puts her down, insults her, and asks her to apologize. It is not the first time that Lyse sees Lenny transform. His face changes, his gaze becomes mean, he seems different, and he doesn't speak normally but yells, his voice changing. Lyse is forced to apologize and cries once again because of the continuing attacks from her husband. Lyse feels like she is living with a man with two faces, the story of Dr Jekyll and Mr Hyde comes back to her mind more and more frequently. She is beginning to be afraid as she doesn't recognize her husband, the man she married and that everyone likes. He has the art of keeping this mean and violent behavior just for her, even if he dislikes something in public or at friends' houses, he keeps his good mood and totally changes when they are home alone. This is why the apartment in which they live feels more and more like a nightmare. It is only there that Lenny is really himself and lets his anger, his violence and his real nature express themselves.

sortant du magasin, il commence à demander à Lyse pourquoi elle a souri, si elle avait trouvé la blague aussi drôle pour aller jusqu'à sourire. Elle essaie de lui expliquer que ce n'était pas une blague méchante, que c'était plutôt de la part du commerçant une façon d'établir un contact avec son client, mais Lenny ne veut rien entendre et indique calmement à Lyse qu'elle est, selon lui, trop ouverte aux autres, qu'elle ne le respecte pas puisqu'elle sourit aux blagues faites à ses dépens, et les remarques continuent le long du chemin jusqu'à ce qu'ils arrivent chez eux. Le ton monte une fois qu'ils sont rentrés dans leur appartement. Il lui fait une énième scène, l'accable, la rabaisse, l'insulte, lui demande de s'excuser. Ce n'est pas la première fois que Lyse voit Lenny se transformer. Son visage change, son regard devient méchant, il a l'air différent, il ne parle plus normalement mais crie, sa voix s'altère. Lyse est obligée de présenter ses excuses et pleure une fois de plus devant les attaques continuelles de son mari. Lyse a l'impression de vivre avec un homme qui a deux visages, l'histoire de Dr Jekyll et M. Hyde lui revient de plus en plus souvent en tête. Un sentiment de peur l'accompagne désormais car elle ne reconnaît pas son mari, l'homme qu'elle a épousé et que tout le monde apprécie. Il a l'art de savoir garder ce comportement méchant et violent pour elle seulement : même si quelque chose lui déplaît en public ou chez des amis, il maintient sa bonne humeur et change totalement une fois qu'ils sont seuls chez eux. C'est pourquoi l'appartement dans lequel ils vivent ressemble de plus

One evening, Lyse is meeting up with a friend, that Lenny knows, to go see a play. This friend is passionate about theater, and it is she who suggested they go see the play, which Lyse gladly accepted. Lenny knows that they are meeting and knows exactly where Lyse is going and at what time the play begins. She also had to tell him what time she would be back, which she did. Lyse meets her friend, but when they arrive in front of the theater, they find the doors closed. Lyse's friend checks the program she has and realizes that she had the wrong date; the play took place a year before. After laughing about the mistake, they decide to go eat a crepe together in a small restaurant close to the theater. Lyse then goes home at the time she mentioned. When she tells this adventure to Lenny whom she thinks will be amused, she is not expecting his reaction. He becomes mad, telling her that she should have let him know that she wasn't at the theater but that instead she was at the restaurant, that she must always tell him where she is, that otherwise she isn't worthy of being his wife. She is surprised again, as she was very close to the theater, went back home at the time she had announced, but in the end, she could have guessed that she should have told him about this change as she must keep him informed of everything she does at all times. Another day, Lenny is in a good

en plus à un cauchemar. Ce n'est que là que Lenny est vraiment lui-même et laisse libre cours à ses colères, à sa violence et à sa vraie nature.

Un soir, Lyse a rendez-vous avec une amie, que Lenny connaît, pour aller voir une pièce de théâtre. Cette amie est passionnée de théâtre et c'est elle qui a proposé la sortie à Lyse qui a accepté avec plaisir. Lenny est au courant et sait exactement où Lyse se rend et à quelle heure débute la pièce. Elle a également dû lui indiquer à quelle heure elle rentrerait, ce qu'elle a fait. Lyse retrouve son amie, mais arrivées devant le théâtre elles trouvent les portes fermées. L'amie de Lyse vérifie le programme qu'elle a et se rend compte qu'elle s'est trompée de date ; la pièce avait eu lieu un an auparavant. Après avoir ri de l'erreur, elles décident d'aller manger une crêpe ensemble dans un petit restaurant près du théâtre. Lyse rentre ensuite chez elle à l'heure prévue. Quand elle raconte cette aventure à Lenny qu'elle croit amuser, elle ne s'attend pas à sa réaction. Il se met en colère, lui disant qu'elle aurait dû le prévenir qu'elle n'était pas au théâtre mais qu'elle se trouvait au restaurant, qu'elle devait toujours lui indiquer où elle était, que sinon elle n'était pas digne d'être sa femme. Elle est à nouveau étonnée, car elle était tout près du théâtre, est rentrée à l'heure prévue mais finalement elle aurait pu se douter qu'elle aurait dû informer son mari de ce changement de programme car elle doit le tenir informé de tout ce qu'elle fait, à tout moment. Un autre jour, Lenny est d'humeur

mood, he suggests they cook a nice meal together. They go grocery shopping in the neighborhood. They indulge and buy what they feel like having, they plan the menu of their meal and delight at the idea of eating it. After shopping, they walk back home. The path that separates them from their apartment is not very long, but long enough to be paved with potential problems. Everything is likely to annoy Lenny, every passerby, every word, every look, every gesture, everything is likely to excite Lenny's passions, to trigger his jealousy, his arrogance, his pride, his meanness, and heinous anger. Half-way between the supermarket and their apartment, they pass a couple, Lyse tries to look at the pavement when she walks but the place is narrow and she looks up to let the couple go by. Her eyes stop for a second or two on the young woman as she reminds her of one of her cousins. She really looks like her. She has the same sweet face, the same blue eyes and a similar haircut. Lenny notices this and accuses Lyse of looking at the young man. Once again, he waits until they're at their place to violently accuse her of this shortcoming and to add other imaginary flaws, coming from nowhere. Lyse knows perfectly well that her gaze indeed stopped but she also knows that it was on the young woman. She tries to explain this to Lenny and to make him understand that this young woman looked like her cousin, she describes her in detail, but nothing satisfies Lenny who becomes more and more angry. He thinks Lyse is mocking him, takes him for an imbecile and tries to convince him to believe something that has

plaisante, il propose à Lyse de préparer ensemble un dîner romantique. Ils partent donc tous les deux faire des courses dans le quartier. Ils se font plaisir dans le supermarché et achètent ce dont ils ont envie, ils prévoient le menu de leur repas et se régalent par avance à l'idée de le déguster. Après avoir fait leurs courses, ils rentrent chez eux à pied. Le chemin qui les sépare de leur appartement n'est pas très long, mais suffisamment long pour être parsemé d'embûches potentielles. Tout est susceptible d'irriter Lenny, de le faire changer d'humeur et de visage, chaque passant, chaque mot, chaque regard, chaque geste, tout est l'occasion d'exciter les passions de Lenny, de faire sortir sa jalousie, son arrogance, sa fierté, sa méchanceté et sa colère haineuse. A mi-chemin entre le supermarché et leur appartement, ils croisent un couple, Lyse essaie de regarder le sol quand elle marche mais l'endroit est étroit et elle lève la tête pour le laisser passer. Son regard s'attarde une seconde ou deux sur la jeune fille car elle lui rappelle une de ses cousines. Elle lui ressemble grandement. Elle a le même visage doux, les mêmes yeux bleus et une coupe de cheveux similaire. Lenny remarque cela et accuse Lyse de s'être attardée sur le jeune homme. Il attend encore une fois qu'ils soient chez eux pour l'accuser violemment de ce travers et en rajouter d'autres imaginaires, venus de nulle part. Lyse sait pertinemment que son regard s'est en effet attardé mais elle sait aussi que c'est sur la jeune fille. Elle essaie de l'expliquer à Lenny et de lui faire comprendre que cette jeune fille ressemblait à sa

nothing to do with reality. He screams that he is too smart for anyone to be able to deceive him or to lie to him. He repeats to Lyse that she is not worthy of trust, that she is too open and wants to seduce all men she sees on the street. Seeing that Lenny doesn't believe her, she tries to remain silent so that things calm down, but no matter what she does, she arouses Lenny's anger. If she tries to explain herself, he thinks she wants to manipulate him, and that she believes he's a fool, if she remains silent, he says that if she doesn't defend herself, it is because he is right, and she must answer all his questions otherwise he accuses her of disrespecting him. She is caught in a situation with no exit, no matter what she does, she is wrong, no matter what her behavior is, she triggers her husband's anger and hatred. That evening, Lyse, completely exhausted, is beginning to suffocate, she cannot stand her husband's screams and insults, she wants all this to stop. Thus, she decides to go out despite his threats. She needs to get some air, to hear silence, or at least the noises of the street, something else than Lenny's unbearable words, which he shouts while walking in circles. He keeps repeating the same things, yelling, she cannot listen to him any longer, she cannot bear this any longer. She walks around for a few minutes in the neighborhood. When she comes back, things are worse. Lenny insults her even more, telling her that she left to go find men, that she wants to be seen in the neighborhood, that she wants people to look at her, that she wants to replace him, that her behavior is not

cousine, elle la décrit en détail, mais rien ne satisfait Lenny qui s'énerve de plus en plus. Il pense que Lyse se moque de lui, le prend pour un imbécile et veut le convaincre de croire à quelque chose qui n'a rien à voir avec la réalité. Il hurle qu'il est trop intelligent pour que qui que ce soit parvienne à le tromper ou à lui mentir. Il répète à Lyse qu'elle n'est pas digne de confiance, qu'elle est trop ouverte et veut séduire tous les hommes qu'elle croise dans la rue. Voyant que Lenny ne la croit pas, elle tente de rester silencieuse pour que les choses se calment, mais quoi qu'elle fasse, elle attire sa colère. Si elle essaie de s'expliquer, il croit qu'elle veut le manipuler et qu'elle le prend pour un imbécile, si elle reste silencieuse, il lui dit que si elle ne se défend pas c'est parce qu'il a raison, et elle doit répondre à toutes ses questions sinon il l'accuse de lui manquer de respect. Lyse se trouve prise dans une situation sans issue, quoi qu'elle fasse elle a tort, quel que soit son comportement, elle attise la colère et la haine de son mari. Ce soir-là, Lyse, à bout, commence à étouffer, elle ne peut plus supporter les cris et les insultes de Lenny, elle désire que tout cela cesse. Elle décide donc de sortir malgré les menaces. Elle a besoin de prendre l'air, d'entendre le silence ou du moins les bruits de la rue, autre chose que les paroles odieuses de Lenny qui hurle en tournant en rond. Il répète sans cesse les mêmes choses en criant, elle ne peut plus l'entendre, elle ne peut plus le supporter. Elle fait un petit tour de quelques minutes, à pied, dans le quartier. Quand elle revient, les choses sont pires. Lenny

worthy of a married woman. Lyse is far from thinking all this, she simply wanted some fresh air, to not get mad at Lenny who is wearing her down, to not scream, to not fall apart, to not collapse. She never liked violence, be it physical, verbal, psychological. She always liked to discuss things, to talk about potential conflicts to defuse them. But Lenny doesn't let her do so. And when, so that she doesn't fall apart, she wants to get some fresh air, she doesn't even have the right to do that. At least, she could, but she then has to face the consequences of what Lenny considers an insult. Indeed, how did she dare go out for a walk in the neighborhood? He is the master, he decides, and if he wants to take it out on her, she must be there to endure. His eyes full of hate, he almost drools out of anger after she comes back and he continues to insult her and to repeat again and again the same remarks, the same degrading and unjustified insults. Lyse, in tears, exhausted, decides to not answer and waits for this irrational anger to calm down. It is what happens and Lenny seems to start to understand that he went too far, that he exaggerates and that he is not credible any more. Maybe he realizes that he cannot control everything and that his dishonest words will not convince Lyse. He calms down after a long while and apologizes. Lyse accepts his apology but she is more and more unhappy. She thinks that they have everything to be happy, but that Lenny perceives reality in a completely false way and ruins his life, ruins her life, ruins their life together. Instead of being happy

l'insulte encore plus, disant qu'elle est partie pour aller chercher des hommes, qu'elle veut se faire voir dans le quartier, qu'elle veut que les gens la regardent, qu'elle veut le remplacer, que son comportement n'est pas digne d'une femme mariée. Lyse est loin de penser à tout cela, elle voulait uniquement prendre un peu l'air, ne pas s'énerver à son tour sur Lenny qui la mène pourtant à bout, ne pas hurler, ne pas craquer, ne pas sombrer. Elle n'a jamais aimé la violence, qu'elle soit physique, verbale, psychologique. Elle a toujours aimé discuter, parler des conflits potentiels pour les désamorcer. Mais Lenny ne lui permet pas de faire cela. Et quand pour ne pas craquer, elle veut prendre l'air, elle n'en a même plus le droit. Du moins, elle a pu sortir mais elle doit ensuite faire face aux conséquences de ce que Lenny considère comme un affront. Comment a-t-elle pu en effet oser sortir marcher dans le quartier ? C'est lui le maître, lui qui décide, et s'il veut s'acharner sur sa femme, elle doit être là pour subir. Le regard plein de haine, il bave presque de colère après son retour et continue à l'insulter et à lui répéter encore et encore les mêmes remarques, les mêmes insultes dégradantes et injustifiées. Lyse, en larmes, éreintée, choisit de ne pas répondre et attend que cette colère irrationnelle s'apaise. C'est ce qui se passe et Lenny semble commencer à comprendre qu'il a dépassé les bornes, qu'il exagère et n'est plus crédible. Il s'aperçoit peut-être qu'il ne peut pas tout contrôler et que ses propos mensongers ne vont pas convaincre Lyse. Il se calme au bout d'un long moment et s'excuse. Lyse

and enjoying moments together, he turns their everyday life into a living hell, at least for Lyse. Lenny indeed seems to enjoy this unrelenting meanness, to enjoy the slow destruction of Lyse who sinks gradually. The weaker she seems, the stronger he seems, as if he was emptying her of her energy, her strength, her will, to be superior and dominate.

Lyse and Lenny have a French neighbor who lives right above their apartment and who introduced himself to them when he moved in. He even invited the couple to have a drink with him at his place. But of course Lenny refused and he doesn't want to have anything to do with this man, who represents a threat to him. For Lenny, social interactions are not a source of blossoming, openness, and enrichment. They constitute a poison which puts his couple in danger. One evening, Lyse and Lenny are heading home. Lenny opens the door of the building, lets Lyse go in front of him, she walks straight ahead as their apartment is on the first floor. At that moment, the French neighbor who is leaving his apartment upstairs, leans over and says hello. Lyse replies hello, opens the door of their apartment and goes in. Lenny also says hello to the neighbor, goes in and closes the door. His

accepte ses excuses mais est de plus en plus malheureuse. Elle se dit qu'ils ont tout pour être heureux mais que Lenny perçoit la réalité d'une manière complètement erronée et se gâche la vie, lui gâche la vie, gâche leur couple. Au lieu d'être heureux et de profiter des moments ensemble, il fait de leur quotidien un enfer sur terre, du moins pour Lyse. Lenny semble en effet jouir de son acharnement, de la lente destruction de Lyse qui s'enfonce de plus en plus. Plus elle paraît faible, plus il semble fort, comme s'il la vidait de son énergie, de sa force, de sa volonté, pour être supérieur et dominer.

Lyse et Lenny ont un voisin français qui habite juste au-dessus de chez eux et qui s'est présenté lors de son arrivée. Il a même invité le couple à passer boire un apéritif chez lui. Mais bien sûr Lenny a refusé et ne veut avoir aucun rapport avec cet homme qui constitue pour lui une menace. Pour Lenny, les relations sociales ne sont pas source d'épanouissement, d'ouverture et d'enrichissement. Elles constituent un poison qui vient mettre en danger son couple. Un soir, Lyse et Lenny rentrent chez eux. Lenny ouvre la porte de l'immeuble, laisse passer Lyse qui avance droit devant elle puisque leur appartement se trouve au rez-de-chaussée. A ce moment-là, le voisin français qui sort de chez lui à l'étage se penche et leur dit bonsoir. Lyse répond bonsoir, ouvre la porte de leur appartement et y entre. Lenny dit aussi bonsoir au voisin, entre et referme la porte. Il a le regard furieux, son visage se crispe, il

gaze is furious, his face tenses, he starts to rant, reproaching Lyse for having replied to the neighbor. She is shocked once again that such a harmless event triggers a series of insults, but she is now used to provoking Lenny's anger even though she doesn't do anything wrong. She tries to explain to him that she replied to the neighbor out of politeness, but she doesn't manage to convince Lenny. He thinks it is scandalous that she had the audacity to reply. Her behavior isn't worthy of a respectful woman. She shows by this action her lack of respect for her husband. She is trying to seduce the neighbor. She is attracted to him as he is French, she wants to be in contact with him, to flirt, she is a slut who will never change. Lyse doesn't recognize her husband's voice, he is in a rage. He forces Lyse to admit that she was wrong to reply to the neighbor. Between tears and despair, she admits it as she doesn't see any other solution to end this anger, this hatred that Lenny feels towards her. He calms down and the rest of the evening goes on rather normally. Lenny becomes sweet again, talks to her about all the love he feels for her, about the way he wants to protect her from everything and everybody. A few weeks later, Lenny decided to cook dinner, but he is missing an ingredient. So, he tells Lyse he's going to the store that is at the end of the block and that he will be back quickly. When, after a long time Lenny isn't back, Lyse wonders what he is doing and goes on the door steps to check if she can see him as she can see the store from the front of the building. She looks

commence à tempêter en reprochant à Lyse d'avoir répondu au voisin. Elle est choquée une fois de plus qu'un événement si anodin déclenche une série d'insultes, mais elle est désormais habituée à provoquer la colère de Lenny alors qu'elle ne fait rien de mal. Elle essaie de lui expliquer qu'elle a répondu au voisin par politesse mais elle ne parvient pas à convaincre Lenny. Il trouve scandaleux qu'elle ait eu l'audace de répondre. Son comportement n'est pas digne d'une femme respectueuse. Elle montre par cette action son manque de respect pour son mari. Elle cherche à séduire le voisin. Elle est attirée par lui car il est français, elle veut entrer en contact avec lui, flirter, c'est une traînée qui ne changera jamais. Lyse ne reconnaît plus la voix de Lenny, il est en rage. Il force Lyse à reconnaître qu'elle a eu tort de répondre au voisin. Entre larmes et désespoir, elle l'admet car elle ne voit pas d'autre solution pour mettre fin à cette colère, à cette haine que Lenny ressent envers elle. Il se calme donc et le reste de la soirée se déroule de façon à peu près normale. Lenny redevient doux, lui parle de tout l'amour qu'il a pour elle, de la façon dont il veut la protéger de tout et de tout le monde. Quelques semaines plus tard, Lenny a décidé de cuisiner mais il lui manque un ingrédient. Il dit donc à Lyse qu'il va à la boutique qui se trouve au coin de la rue et qu'il sera de retour rapidement. Quand, au bout d'un long moment Lenny n'est pas revenu, Lyse se demande ce qu'il fait et va voir sur le pas de la porte si elle l'aperçoit puisqu'elle peut voir la boutique depuis le perron de l'immeuble. Sans sortir,

through the door that opens on the street and sees Lenny on the sidewalk having a discussion with a woman. He seems to know her and smiles at her kindly. Lyse goes back in to wait for Lenny and wonders who the young woman he is talking to could be. After another long moment, Lenny finally comes back, a smile on his lips. He doesn't say anything to Lyse, doesn't explain to her why he took so much longer than he said he would. So, she asks him why he took so long. He calmly replies that he was talking to a neighbor who also lives in the building. He said that she just moved in, that she was in North Carolina before, that she works downtown, and that two of her cousins live in New York City. A lot of information according to the standards Lenny set concerning the neighbors to whom one shouldn't talk. Lyse says so to Lenny, comparing this story to the incident with the French neighbor. Lenny doesn't see her point. Lyse indeed did not understand that SHE has no right to talk to the neighbors or anyone on the street or in the building but that HE can talk to whoever he wants whenever he wants. Lyse cannot refrain from thinking this is unfair and when she tells so to Lenny, he pretends he doesn't understand and doesn't see the problem. She is frustrated but tells herself that it is best to let it go to avoid irritating him.

Lyse wonders how Lenny manages to behave in such different ways. In public, he is calm, charming, sociable. He talks to the neighbors, he is polite and nice

elle passe la tête par la porte et voit Lenny sur le trottoir en grande discussion avec une femme. Il a l'air de la connaître et lui sourit gentiment. Lyse rentre attendre Lenny et se demande qui est la jeune femme avec qui il parle. Au bout d'un autre long moment, Lenny revient enfin, le sourire aux lèvres. Il ne dit rien à Lyse, ne lui explique pas pourquoi il a mis beaucoup plus de temps que prévu. Elle lui demande donc pourquoi il a mis autant de temps. Il répond tranquillement qu'il était en train de parler à une voisine qui habite aussi dans l'immeuble. Il lui dit qu'elle vient d'aménager, qu'elle habitait avant en Caroline du Nord, qu'elle travaille en ville, et qu'elle a deux cousins qui habitent à New-York. Enormément d'informations selon les standards que Lenny a fixés par rapport aux voisins à qui l'on ne doit pas parler. Lyse fait la remarque à Lenny, en comparant cette histoire à l'incident du voisin français. Lenny ne voit pas le rapport. Lyse n'a en effet pas compris, qu'ELLE n'a pas le droit de parler aux voisins ou à qui que ce soit dans la rue ou dans l'immeuble mais que LUI peut parler à qui il veut autant qu'il le veut. Lyse ne peut s'empêcher de trouver cela injuste et quand elle le dit à Lenny, il fait semblant de ne pas comprendre et de ne pas voir le problème. Elle est frustrée mais se dit qu'il vaut mieux qu'elle n'insiste pas pour éviter de l'irriter.

Lyse se demande comment Lenny arrive à se comporter de manières aussi différentes. En public, il est calme, charmant, sociable. Il parle aux voisins, il est

with his colleagues, even if when he goes home he tells Lyse that he distrusts them all, that they are all full of themselves and arrogant. He regularly goes to church, says hello to everyone, always has a kind word for older people. He often talks to the pastor and confides in him, telling him everything he has to endure from his wife. He paints a very negative picture of her, telling the pastor she is too open to everybody, that she does everything she can to attract men's attention, that she lies, that he deserves credit for putting up with all her flaws. It seems like he reproaches his wife for everything that he really is and does. It is an upside-down world which doesn't even have the logic of inverted things. As soon as he is home, he criticizes the people he talks to at church. Though he seems sweet and kind, he is suspicious and even slanderous. Thus he is hypocritical as he goes to church, sees himself as very religious but he doesn't apply any religious principles in his life. As soon as he leaves church, he complains to Lyse and tells her that people are hypocritical. He always accuses someone of something but never in front of people of course. All of his colleagues, all of his friends have unforgivable flaws. Everyone likes him, he smiles, is kind, funny, faithful and considerate. But in fact he isn't sincere with anyone. It seems like his public portrait is the opposite of the person he becomes once he crosses the threshold of their apartment. Lyse doesn't understand how and why he can be so different. She doesn't recognize him when he gets mad, she doesn't

courtois et agréable avec ses collègues, même si quand il rentre il raconte à Lyse qu'il se méfie de tous, qu'ils sont tous imbus de leur personne et arrogants. Il va au temple régulièrement, dit bonjour à tout le monde, a toujours un mot gentil pour les personnes âgées. Il parle souvent au pasteur et lui confie tout ce qu'il doit supporter de la part de sa femme. Il la présente sous un jour très terne en disant au pasteur qu'elle est trop ouverte à tout le monde, qu'elle fait tout pour attirer l'attention des hommes, qu'elle ment, qu'il a du mérite de la supporter avec tous ses défauts. Il semble qu'il reproche à sa femme tout ce qu'il est et ce qu'il fait réellement. C'est un monde à l'envers qui n'a même pas la logique des choses inversées. Rentré chez eux, il critique les personnes à qui il parle au temple. En apparence doux et gentil, il est méfiant et même médisant. Il se comporte donc en hypocrite puisqu'il va au temple, se dit très croyant et pratiquant mais n'applique aucun principe religieux dans sa vie. Dès qu'il quitte le temple, il se plaint en parlant à Lyse et lui dit que les gens sont hypocrites. Il accuse toujours quelqu'un de quelque chose mais pas devant les autres, bien entendu. Tous ses collègues, tous ses amis ont des défauts impardonnables. Tout le monde l'apprécie, il est souriant, gentil, drôle, fidèle, attentionné. Mais il n'est, en fait, sincère avec personne. Il semble que son portrait public soit l'inverse de la personne qu'il devient une fois passée la porte de leur appartement. Lyse ne comprend pas pourquoi et comment il peut être aussi différent. Elle ne le reconnaît pas quand il se met en

understand how such a fine, talented and smart brain can be so mistaken about her and reality. She thinks that paranoia overtakes him and makes him see evil everywhere and in everybody, except his close family, which is comprised of his parents and siblings. Even his aunts, uncles, and cousins have abominable flaws. They are hypocritical, liars, self-serving. It is hard to understand how this man reconciles these two aspects of his person that are so opposite, how he lets imaginary things get the best of him, how he lets ghosts and hallucinations eat him away, and how he manages to see himself as a believer, as religious, as having deep moral values. It seems that they only exist in words, his actions do not implement the values he pretends to embrace. He is even suspicious of poor people. He wants to apply certain principles and help his neighbor, but he can't. He believes that if he gives money to the poor, they are going to turn against him and cast spells through the bills he could have given them. It seems that contradiction between what he would like to be, between what he pretends to be and reality is so blatant that it goes to his head and drives him crazy.

Lyse is at the point in her studies when she is searching for a job. She is almost done with her doctorate and would like to find a position for the following academic year. She looks in particular in the New York City area to stay in this city where she has settled in for a while and where she now lives with her

colère, elle ne comprend pas comment un esprit aussi fin, doué et intelligent peut se tromper de la sorte sur elle, sur la réalité. Elle pense que la paranoïa le domine et lui fait voir le mal partout et en tout le monde, sauf sa famille proche, à savoir ses parents et frère et sœurs. Même ses tantes, oncles et cousins ont des défauts abominables. Il les décrit comme hypocrites, menteurs, intéressés. Il est difficile de comprendre comment cet homme concilie ces deux aspects si opposés de sa personne, comment il se laisse emporter par des choses imaginaires, comment il se laisse ronger par des fantômes, par des hallucinations, et comment il arrive à se dire croyant, religieux, ayant des valeurs morales profondes. Il semble qu'elles n'aient d'existence que dans les mots, ses actions ne mettent pas en pratique les valeurs qu'il prétend embrasser. Il se méfie même des pauvres. Il veut appliquer certains principes et aider son prochain mais il ne le peut. Il pense que s'il donne de l'argent aux pauvres ils vont se retourner contre lui et lui jeter des sorts à travers les billets qu'il aurait pu leur donner. Il semble que la contradiction entre ce qu'il aimerait être, entre ce qu'il prétend être et la réalité est si flagrante qu'elle le dépasse et le rend fou.

Lyse en est au stade dans ses études où elle est en quête d'un travail. Elle a presque terminé son doctorat et aimerait beaucoup trouver un poste pour la rentrée suivante. Elle cherche particulièrement dans la région de New-York pour ne pas quitter cette ville où elle est installée depuis un moment et où elle habite

husband. So, she applies for jobs, and the more the idea of her receiving her doctorate and of her maybe getting a professor position becomes real in Lenny's head, the more aggressive, mean and violent he becomes. He is probably jealous that his wife will shortly have the same level of degree and the same title of doctor. Besides, if she gets a job, she will make more money than he does and this doesn't seem to please him. In any case, Lyse pursues her goal and prepares her files to apply for jobs. The process is a bit long, but she puts together her application and sends it to several universities. The first to reply asks her to do a phone interview. She gets ready for it and, strangely, Lenny seems to support her. He even offers to help her practice answering potential questions. The day of the interview arrives, Lenny is at work, Lyse is thus calm and focused. Her phone rings, she picks up and answers the questions of all the members of the department of philosophy of one of the universities she applied to. She thinks the interview went well and is waiting for a follow-up email. Indeed, the interview went well as she is invited to spend two days on the university campus for more extensive interviews. She is very happy to have passed this first stage and a bit nervous as the second one will be the most intense. The interviews will take place two weeks after the phone call, mid-February. Lyse is getting ready and two days before the date, the weather forecasts a snowstorm. As her first interview is early in the morning she decides, with the approval of Lenny, who is going to accompany her, to go to a hotel near

désormais avec son mari. Elle fait donc des demandes et plus l'idée qu'elle va être docteur et qu'elle va peut-être avoir un poste de professeur prend forme dans l'esprit de Lenny, plus il devient agressif, méchant, violent. Il est certainement jaloux que sa femme ait bientôt le même niveau d'études que lui et le même titre de docteur. De plus, si elle décroche un poste, elle gagnera plus d'argent que lui et cela ne semble guère le réjouir. Quoi qu'il en soit, Lyse poursuit son but et prépare ses documents pour faire des demandes de poste. Le processus est un peu long mais elle met au point un dossier qu'elle envoie dans plusieurs universités. La première à répondre lui propose d'avoir un entretien téléphonique avec elle. Elle s'y prépare et bizarrement, Lenny semble la soutenir. Il lui propose même de l'entraîner à répondre aux potentielles questions. Le jour de l'entretien arrive, Lenny est au travail, Lyse est donc tranquille et concentrée. Son téléphone sonne, elle décroche et répond aux questions de tous les membres du département de philosophie de l'université où elle a postulé. Elle pense que l'entretien s'est bien passé et attend une réponse par courrier électronique. En effet, l'entretien s'était bien passé puisqu'elle est invitée à aller passer deux jours sur le campus de l'université pour des entretiens plus approfondis. Elle est ravie d'avoir passé cette première étape et un peu nerveuse également, car la deuxième s'avère la plus intense. Les entretiens vont se dérouler deux semaines après l'appel, mi-février. Lyse se prépare et deux jours avant la date, la météo annonce une

the university the night before to be less stressed. The eve of the interviews arrives and it happens to be Valentine's Day. Lyse thinks that once they are settled at the hotel, they could go out on a dinner date to celebrate this day and to relax a bit before the interviews. However, Lenny tells her that he is fasting. Lyse is disappointed that he picked that day but she respects his decision. After the train ride, they arrive in the town where their hotel is but not knowing exactly what street to go into, they decide to ask someone for directions. Lenny tells Lyse to ask a lady who is getting out of her car. But this lady doesn't know the street nor the hotel, she asks them a few questions, but she can't help them. Lyse thanks her and asks a man who is close by if he knows the street they are looking for. He precisely indicates to them where the street and hotel are located. Lyse is happy because they know which way to walk and can quickly go to the hotel that is near to warm up. The snowstorm came, so snow is covering the ground and the cold wind numbs them. They walk towards the hotel and Lyse notices that Lenny looks unhappy. She doesn't know why and hopes that it will pass as she would like the evening to go well. But Lenny, who is very distant, barely answers her questions and when they arrive at the hotel he doesn't talk. Thus, Lyse tells the receptionist that they reserved a room and once they are settled in, Lenny starts an indescribable scene. He accuses her of ignoring the lady on the street to talk to the man who told them where the hotel was. She tries to explain to him

tempête de neige. Son premier entretien étant très tôt le matin, elle prévoit, avec l'accord de Lenny qui l'accompagnera, d'aller dormir la veille dans un hôtel près de l'université pour être plus tranquille. La veille des entretiens arrive et il se trouve que c'est la Saint Valentin. Lyse se dit donc qu'une fois arrivés à l'hôtel, ils pourraient tous les deux aller dîner en amoureux pour célébrer cette fête ensemble et pour qu'elle se détende un peu avant les entretiens. Cependant, Lenny lui annonce qu'il fait un jeûne. Lyse est déçue qu'il ait choisi ce jour-là mais respecte son choix. Après le voyage en train, ils arrivent dans la ville où se trouve leur hôtel mais ne sachant pas exactement vers quelle rue ils doivent se diriger, ils décident de demander leur chemin. Lenny dit à Lyse de demander à une dame qui sort de sa voiture. Mais cette dame ne sait pas, elle leur pose quelques questions mais ne peut les aider. Lyse la remercie et demande à un homme qui se trouve à côté s'il connaît la rue qu'ils cherchent. Il leur indique très précisément où se trouvent la rue et l'hôtel. Lyse est contente car ils savent dans quelle direction avancer et peuvent vite se rendre à l'hôtel qui se trouve tout près pour se réchauffer. La tempête a bien eu lieu, la neige recouvre le sol et le vent glacial les transperce de froid. Ils se dirigent vers l'hôtel et Lyse remarque que Lenny a l'air mécontent. Elle ignore pourquoi et espère que cela sera passager car elle aimerait que la soirée se déroule bien. Mais Lenny très distant répond à peine à ses questions et quand ils arrivent à l'hôtel il ne parle pas. Lyse indique donc à la réceptionniste qu'ils ont

that she had taken the time to listen to the lady but that she didn't know the street nor the hotel. As she was cold, she didn't want to spend too much time looking and decided to ask another person who happened to be a man. Lenny tells her that she shouldn't have and his same refrains about Lyse's personality come back. He spends the evening insulting her, telling her she is worth nothing, that she is too open to others, that she wants to seduce every man she passes, that she wanted to talk to that man to try to seduce him because she found him attractive, and so on. Lenny pours out insane, illogical, false words, they take him into surreal stories and Lyse must endure all this when she would like to be at peace and prepare quietly for her interviews. She sheds tears of tiredness, tension, despair, and as her husband calms down, she recovers a bit. She is hungry and asks Lenny if they can go eat. He refuses. She insists and would like to go buy something, but he doesn't want her to go by herself (certainly fearing that she would try to seduce the men she would cross on her way). He finally accompanies her to a restaurant, she eats a little, but her stomach is closed, she is stressed by this evening that her husband makes as unpleasant as possible. Lenny is sitting facing her, doesn't eat, doesn't talk and fawningly smiles at the waitress. He is odious only with her, only when they are in a closed space where nobody can see them. Back to the hotel, the same tune starts again and Lenny accuses Lyse of all kinds of evils. He makes her cry again, she cannot take this anymore, cannot hear the

réservé une chambre et une fois qu'ils y sont installés, Lenny commence à lui faire une scène indescriptible. Il l'accuse en effet d'avoir ignoré la dame pour parler à l'homme qui leur a indiqué où se trouvait l'hôtel. Elle essaie de lui expliquer qu'elle avait pris le temps d'écouter la dame mais qu'elle ne savait pas où était la rue et ne connaissait pas l'hôtel. Comme elle avait froid, elle ne voulait pas passer trop de temps à chercher et a choisi de demander à une autre personne qui se trouvait être un homme. Lenny lui dit qu'elle n'aurait pas dû et ses mêmes refrains sur la personnalité de Lyse reprennent. Il passe la soirée à l'insulter, à lui dire qu'elle ne vaut rien, qu'elle est trop ouverte aux autres, qu'elle veut séduire tous les hommes qu'elle croise, qu'elle a voulu parler à l'homme pour essayer de le séduire parce qu'elle le trouvait beau, et ainsi de suite. Lenny débite des paroles insensées, illogiques, fausses, elles l'entraînent dans des histoires surréalistes et Lyse doit supporter tout cela alors qu'elle aimerait être au calme et se préparer tranquillement pour ses entretiens. Elle pleure de fatigue, de tension, de désespoir puis, comme son mari se calme, elle se reprend. Elle a faim et demande à Lenny s'ils peuvent aller dîner. Il refuse. Elle insiste et veut aller acheter quelque chose mais il n'accepte pas qu'elle y aille seule (de peur certainement qu'elle essaie de séduire les hommes qu'elle croiserait sur son chemin). Il l'accompagne finalement dans un restaurant, elle mange un peu mais son estomac est fermé, elle est stressée de cette soirée que son mari rend la plus désagréable possible. Lenny est assis en face

insults anymore, she waits for time to pass. Lenny finally calms down late in the night and Lyse can rest a bit but she would have liked to be in a more serene atmosphere the eve of her interviews and to have gone to bed earlier to sleep longer. The morning finally arrives and Lenny wishes her good luck, but after everything he did the night before, she half-heartedly thanks him and goes to the university campus where she will spend two days and one night. Despite the horrible evening and night she just had, Lyse is happy to be on this campus. She manages to focus on what she is doing and to put aside all thoughts of her husband and her relationship. The interviews go very well. When the evening comes, Lyse is extremely tired as she didn't really rest the night before. The day after she still has a long day of interviews and she has to teach a course in front of students and the professors of the department. She spends the night on campus in a guest house near the university president's house. In spite of the pressure of the next day, she enjoys sleeping by herself, she is happy to not be in the hotel room anymore, a room that Lenny managed to transform into a nightmare, happy to be in a different place than their apartment where she endures Lenny's constant attacks. She feels good by herself, she is serene, and this feels like a beneficial break. The phone call with Lenny goes relatively well despite a certain distance. The next day also goes very well and she is almost sad to go back to New York City to her apartment, her husband and her life as a prisoner.

d'elle, ne mange pas, ne lui parle pas et sourit mielleusement à la serveuse. Il n'est odieux qu'avec elle, qu'une fois qu'ils sont dans un lieu clos où personne ne peut les voir. Rentrés à l'hôtel, la même rengaine reprend et Lenny accuse Lyse de tous les maux. Il la fait pleurer à nouveau, elle n'en peut plus et ne veut plus entendre les injures, elle attend que le temps passe. Lenny se calme enfin tard dans la nuit et Lyse peut se reposer un peu mais elle aurait aimé être dans une ambiance plus sereine la veille de ses entretiens et aurait aimé se coucher plus tôt pour dormir davantage. Le lendemain matin arrive enfin et Lenny lui souhaite bonne chance, mais après tout ce qu'il lui a fait vivre la veille, elle le remercie du bout des lèvres et part sur le campus de l'université où elle passera deux jours et une nuit. Malgré la soirée et la nuit horribles qu'elle vient de passer, Lyse est contente d'être sur ce campus. Elle arrive à se concentrer sur ce qu'elle est en train de faire et à mettre de côté les pensées sur son mari et son couple. Les entretiens se déroulent très bien. Le soir arrivé, Lyse est extrêmement fatiguée puisqu'elle ne s'est pas vraiment reposée la veille. Le lendemain elle a encore une grosse journée d'entretiens et elle doit enseigner un cours devant des étudiants et les professeurs du département. Elle passe la nuit sur le campus, hébergée par l'université dans une petite maison qui se trouve près de celle du président de l'université. Malgré la pression de la journée du lendemain elle apprécie de dormir seule, elle est contente de ne plus être dans cette chambre d'hôtel que

A few days after the interviews, Lyse gets a phone call from the provost of the university who offers her a job. She negotiates the rank at which she will start (according to her teaching experience) and a few days later she receives a contract to sign. She is obviously delighted by the news. She declines invitations to interview in other universities and accepts this new job with great pleasure. Lenny seems only feebly moved and touched by this good news. He is actually touched, but in a negative way. He seems jealous that Lyse got the job of her dreams, certainly because her status is better than his as she is going to be an assistant professor when he is still a post-doctorate fellow and she is going to make more money than he does. Lyse doesn't really care about these titles, nor about the amount of money she is going to make compared to Lenny but he doesn't seem to see all these changes in a good way. Maybe he is also worried by the fact that Lyse will certainly want to seduce all her new

Lenny a réussi à transformer en cauchemar et d'être dans un autre lieu que leur appartement où elle subit les attaques incessantes de Lenny. Elle se sent bien seule, elle est tranquille et a l'impression de vivre une pause bénéfique. Le moment où elle appelle Lenny au téléphone se passe assez bien malgré une certaine distance. La journée du lendemain se déroule pour le mieux, comme la première, et elle se sent triste de rentrer à New-York retrouver son appartement, son mari et sa vie de prisonnière.

Quelques jours après les entretiens, Lyse reçoit un appel du doyen de l'université qui lui propose un poste. Elle négocie le rang auquel elle commencera (par rapport à son expérience dans l'enseignement) et reçoit quelques jours plus tard un contrat à signer. Elle est évidemment ravie de cette nouvelle. Elle décline les invitations à aller passer des entretiens dans d'autres universités et accepte ce nouveau poste avec grand plaisir. Lenny ne semble que très faiblement ému et touché par cette bonne nouvelle. Il est en réalité touché, mais dans un sens négatif. Il semble jaloux que Lyse ait obtenu le poste de ses rêves, certainement parce que son statut est meilleur que le sien, elle va être professeur alors qu'il est encore en post-doctorat et elle va gagner plus d'argent que lui. Lyse ne se soucie guère de ces appellations, du montant de son salaire par rapport à celui de Lenny mais lui ne semble pas voir tous ces changements d'un bon œil. Peut-être s'inquiète-t-il aussi du fait que Lyse va sans doute

colleagues. After she announced the news, every time Lenny comes back from work, he claims to be tired, stressed by his research, he thus has an excuse to not rejoice. Before the interviews, they had talked about having a small dinner to celebrate the potential job offer. The offer accepted, the joyous evening in her honor doesn't arrive. Lyse adapts and rejoices internally, even though she would have liked her husband to be happy for her, for them. His mood is more and more morose, he complains about everything that happens at the lab, about everything his colleagues make him endure, about what his boss asks of him without respecting him. His world and what happens to him (or what he believes happens to him) are all more important than the job his wife got. Then, little by little, this news becomes old and Lenny doesn't mention it anymore. He remains withdrawn and in a bad mood. Lyse wonders if this attitude will end one day. She was really hoping at the beginning of the troubles that Lenny would calm down. She had tried to satisfy him, to change for him, even when his requests seemed irrational to her, even unfair. But she is starting to think that her husband is mean, that he doesn't necessarily want her happiness, that his jealousy and paranoia eat him up and that things will not necessarily get better, that they may even get worse. As she made a commitment the day of her wedding, she endures his behavior. Besides, he puts her down so much that she doubts she has any value, any qualities, even if the fact that she got the job brought back some of her

vouloir séduire tous ses nouveaux collègues. Après l'annonce de cette nouvelle, chaque fois qu'il rentre du travail, il prétexte qu'il est fatigué et stressé par ses recherches, il a donc une excuse pour ne pas se réjouir. Ils avaient parlé avant les entretiens de faire un petit repas pour fêter l'obtention potentielle du poste. L'emploi obtenu, la soirée joyeuse en son honneur ne vient pas. Lyse s'adapte et se réjouit intérieurement, même si elle aurait aimé que son mari soit aussi content pour elle, pour eux. L'humeur de Lenny est de plus en plus morose, il se plaint de tout ce qui se passe au travail, de tout ce que ses collègues lui font subir et de ce que sa chef lui demande sans le respecter. Son monde et ce qui lui arrive (ou ce qu'il imagine qui lui arrive) ont une bien plus grande importance qu'un poste décroché par sa femme. Puis, petit à petit, cette nouvelle devient de l'histoire ancienne et Lenny ne la mentionne plus du tout. Il reste cependant fermé et de mauvaise humeur. Lyse se demande si cette attitude prendra fin un jour. Elle espérait beaucoup au début de ces soucis que Lenny s'adoucirait. Elle avait tenté de le satisfaire, de changer pour lui, même quand ses demandes lui semblaient irrationnelles voire injustes. Mais elle commence à se dire que son mari est méchant, qu'il ne veut pas forcément son bonheur, que sa jalousie et sa paranoïa le rongent et que les choses ne vont pas forcément s'améliorer, qu'elles vont même peut-être empirer. Comme elle s'est engagée le jour de son mariage, elle supporte son comportement. De plus, il la rabaisse tellement qu'elle doute de sa valeur,

confidence. She has no idea that Lenny's attacks will intensify in hate and violence and that she will end up believing that as she is worth nothing, she is lucky that he tolerates her.

A few weeks later, Lenny and Lyse invite friends to dinner in a restaurant to thank them for a dinner they had organized at their house a little earlier. During that first dinner, it was the first time Lenny met Lyse's friend and her companion. At that time, questions were particularly about Lenny, he had shared about his journey, had talked about his work, his research. The evening had gone well. Things are not going as well this time. During the meal, Lenny keeps a sweet and kind appearance, but the remarks made to Lyse displease him greatly. Indeed, the conversation doesn't focus on him and Lyse's friend and her companion congratulate Lyse for her new job and ask her a few questions. Lyse answers them and her interlocutors continue their congratulations. They are impressed by the fact that she found this kind of job near New York City even before getting her degree and that it is a tenure-track position. Lyse can feel that Lenny is going to make a scene but he is not that dumb, he reserves this privilege for the next time they are alone. At the end of the meal, Lenny and Lyse drive back their friends to their place. Usually, it is always Lenny who drives but that night, he tells Lyse to drive, she is surprised but understands that in fact he wants

de ses qualités, même si le fait d'obtenir ce poste lui a un peu redonné confiance en elle. Elle n'imagine pas que les attaques de Lenny vont redoubler de haine et de violence et qu'elle va finir par se dire que vu qu'elle ne vaut rien, elle a de la chance qu'il la supporte.

Quelques semaines après, Lenny et Lyse invitent des amis à dîner dans un restaurant pour les remercier d'un repas qu'ils avaient organisé chez eux quelques semaines auparavant. Lors de ce premier dîner, c'était la première fois que Lenny rencontrait l'amie de Lyse et son compagnon. Les questions s'étaient donc portées particulièrement sur lui, il avait raconté son parcours, avait parlé de ce sur quoi il travaillait, de ses recherches. La soirée s'était bien déroulée. Ce soir-là, les choses ne se passent pas aussi bien. Lors du repas, Lenny garde une apparence douce et gentille mais les remarques faites à Lyse lui déplaisent grandement. La conversation n'est en effet pas centrée sur lui et l'amie de Lyse et son compagnon félicitent Lyse pour son nouveau poste et lui posent quelques questions. Lyse y répond et ses interlocuteurs continuent leurs éloges. Ils sont impressionnés qu'elle ait trouvé ce genre de poste près de New-York avant même l'obtention de son diplôme, et qu'en plus, ce soit un poste qui mène à la titularisation. Lyse sent que Lenny va faire une scène mais ce dernier n'est pas si bête, il lui réserve ce privilège pour leur prochain tête-à-tête. A la fin du repas, Lenny et Lyse raccompagnent leurs amis chez eux en voiture. D'habitude c'est

to appear flexible in front of people and he can't admit that he is afraid to drive at night. Indeed, he just got his driver's license and isn't very confident. As Lyse is driving, her friend's companion addresses her to give her directions. Needless to say, this irritates Lenny, who waits to be home to let out his anger which is building up and which is going to overflow towards Lyse who didn't do anything to provoke it. Once their friends get out of the car in front of their place, Lenny and Lyse are alone, and Lenny begins to reproach Lyse for her attitude. He tells her that she was happy that the man talked to her, that she was enjoying his compliments, that she certainly felt like cheating on him with this man. He calms down a bit when they park and talks in a lower voice on the street, but his anger starts again more intense once they're home. He thinks that her friend's companion wanted to seduce her, that he didn't mean what he said, that he didn't think the job she got was good, that he was only saying that to flatter her to try and sleep with her. He tells her that the fact that she answered his questions proves that desire was reciprocal, that she wanted to cheat on him with this man. His anger becomes more and more violent, he yells, he transforms, Lyse doesn't recognize him, he doesn't have the same face, his gaze is scary, his voice unrecognizable. He grabs everything within his reach, throws objects, breaks dishes, decorations. Lyse is shaking, she tries to defend herself but as her intercessions only make things worse, she decides to remain silent and to let the storm pass. She shelters

toujours Lenny qui conduit, mais ce soir-là, il cède le volant à Lyse étonnée qui comprend qu'en fait il veut se montrer flexible devant les gens et qu'il ne peut avouer qu'il a peur de conduire la nuit. Il vient en effet d'obtenir son permis et n'est pas très sûr de lui. Comme Lyse conduit, le compagnon de son amie s'adresse à elle pour lui indiquer la route à prendre. Inutile de dire que cela enrage Lenny qui attend d'être rentré pour laisser sortir sa colère qui monte et qui va se déverser sur Lyse qui n'a rien fait pour la provoquer. Une fois leurs amis descendus de la voiture devant chez eux, Lenny et Lyse se retrouvent en tête-à-tête et Lenny commence à reprocher à Lyse son attitude. Il lui dit qu'elle était heureuse que cet homme lui parle, qu'elle jouissait de ses compliments, qu'elle avait certainement envie de le tromper avec lui. Il se calme un peu lorsqu'ils se garent et parle d'une voix plus basse dans la rue, mais sa colère reprend plus intense une fois qu'ils sont rentrés chez eux. Il trouve que le compagnon de son amie voulait la séduire, qu'il ne pensait pas ce qu'il avait dit, qu'il ne trouvait pas forcément bien le poste qu'elle avait décroché, qu'il lui disait cela pour la flatter uniquement pour essayer de coucher avec elle. Il lui dit que le fait qu'elle ait répondu à ses questions montre que le désir était réciproque, qu'elle voulait le tromper avec cet homme. Sa colère se fait de plus en plus violente, il hurle, il se transforme, Lyse ne le reconnaît pas, il n'a plus le même visage, son regard est effrayant, sa voix méconnaissable. Il attrape tout ce qui lui tombe sous la main, lance des objets,

herself as best she can, and as she knows she didn't provoke this, nor wanted to seduce anyone, she is sad, feels put down, feels despised, is exhausted.

In spite of these waves of violence and hatred, Lyse continues her studies successfully, only area which now gives her any satisfaction, even if it is a bit tainted by her husband's unkind remarks. She finished writing her dissertation which marks the end of her doctorate. At the beginning of the academic year, she received a rare scholarship and during her last semester of studies wins an award that no one in her department had ever received. But one must not talk nor rejoice about it. The day of her dissertation defense arrives, she is obviously stressed even if the hardest part is already done. Her husband decides to go with her, supposedly to support her. She wants to leave early to avoid the stress of traffic, she doesn't like being late and she wants to get there a bit before the defense to have time to focus. But, intentionally or not, her husband takes his time, he is not ready at the time when she would like to leave. She tries to stay calm but this adds to the tension she is already feeling before the defense which, if successful, will mark the end of her studies. She remains calm and patiently waits as he takes his time. He is finally ready, they leave, she wants

casse de la vaisselle, des décorations. Lyse tremble, essaie de se défendre mais comme ses interventions ne font qu'empirer les choses, elle décide de se taire et de laisser passer l'orage. Elle s'abrite comme elle le peut, et comme elle sait qu'elle n'a rien provoqué et n'a voulu séduire personne, elle est triste, se sent rabaissée, se sent bafouée, à bout de forces.

Malgré ces vagues de violence et de haine, Lyse continue avec succès ses études, seul domaine qui lui donne désormais quelque satisfaction, même si elle est un peu gâchée par les remarques désobligeantes de son mari. Elle a fini d'écrire sa thèse qui marque la fin de son doctorat. Elle avait obtenu en début d'année scolaire une bourse assez rare et obtient pendant son dernier semestre d'études une récompense que personne dans son département n'avait jamais eue. Mais il ne faut pas en parler ni s'en réjouir. Le jour de sa soutenance arrive, elle est évidemment stressée même si le plus dur est déjà fait. Son mari a décidé de l'accompagner, soi-disant pour la soutenir. Elle veut partir en avance pour ne pas avoir en plus le stress de la route, elle n'aime pas être en retard et veut arriver un peu avant le début de la soutenance pour avoir le temps de se concentrer. Mais, intentionnellement ou pas, son mari prend tout son temps et n'est pas prêt au moment où elle aimerait partir. Elle essaie de ne pas s'énerver mais ceci rajoute de la tension à celle qu'elle ressent déjà avant cette soutenance qui, si elle est réussie, marquera la fin de ses études. Elle reste calme et attend

to drive as she is not reassured when her husband, inexperienced driver, drives, but of course she can't. It is his role as he is the man. They don't get there late but Lyse would have liked to have a bit more time before starting her presentation and to not endure this additional tension. During the defense, Lenny looks at his spouse with a hard serious face, showing no sign of support. But she gives her presentation, answers the questions and the defense concludes with a success. The professors congratulate her for the clarity and excellence of her presentation. A few friends came to listen to her and to congratulate her. They suggest they go have dinner together and the evening goes rather well. When they arrive home, Lyse tells Lenny that she would like to have a small party to celebrate this success which marks an end, an accomplishment, which represents the goal she was pursuing for so long and which she has finally achieved. Lenny seems to agree but every time Lyse suggests a date or mentions certain friends, Lenny finds an excuse. The party will never happen. Disappointed but not surprised, Lyse accepts, resigned.

Earlier that year, Lyse had submitted an article for a conference which was going to happen in Quebec City. With the article accepted, Lyse plans her trip. Lenny is going to go with her, certainly to keep an eye

patiemment alors qu'il prend beaucoup de temps. Il est enfin prêt, ils partent, elle veut conduire car elle n'est pas rassurée quand son mari, conducteur inexpérimenté, conduit mais évidemment elle ne le peut. C'est son rôle puisque c'est l'homme. Ils n'arrivent pas en retard mais Lyse aurait aimé avoir un peu de temps de répit avant de commencer la soutenance et ne pas subir cette tension supplémentaire. Pendant la soutenance, Lenny regarde son épouse le visage fermé, strict, sans aucun signe d'encouragement. Mais elle fait sa présentation, répond aux questions et la soutenance se conclut par un succès. Les professeurs la félicitent pour la clarté et l'excellence de son exposé. Quelques amis sont venus l'écouter et la féliciter. Ils lui proposent de dîner ensemble et la soirée se passe assez bien. En rentrant chez eux, Lyse dit à Lenny qu'elle aimerait organiser une petite fête pour célébrer ce succès qui marque une fin, un accomplissement, qui représente le but qu'elle s'était fixé depuis si longtemps et qui est enfin atteint. Lenny semble d'accord mais chaque fois que Lyse propose une date ou mentionne certains amis, Lenny trouve une excuse pour repousser la fête. La soirée n'aura donc jamais lieu. Déçue mais non surprise, Lyse accepte résignée.

Plus tôt dans l'année, Lyse avait proposé un article pour une conférence qui devait avoir lieu à Québec. L'article accepté, Lyse prévoit son voyage. Lenny va l'accompagner, certainement plus pour la

on her more than anything else. Of course, he wants to drive the whole trip even though Lyse would like to drive from time to time. She mentions her desire to drive but to no avail. Lenny drives all the way. They stop to buy food and Lyse finishes her fries in the car as Lenny wanted to get back on the road quickly. Lyse inadvertently drops one between her seat and the door. Lenny is furious because she moves about to try to grab it, he says that she has no respect for the driver, that she does all she can to prevent him from driving well, that she doesn't behave like a normal and respectful wife. When they arrive in Quebec City, Lyse and Lenny look for their hotel, settle down and go to the university to register for the conference. They meet the organizers and some people who are going to present like Lyse, but Lenny seems to constitute a barrier between her and others, he introduces himself to everyone as her husband and doesn't let her talk to anyone if he's not next to her. This somewhat limits the discussions, Lyse is frustrated but is also afraid to trigger his anger, so instead of asking questions, of interacting with others on subjects that she likes, she remains silent, withdraws and waits for the conference to be over, hoping that nothing nor nobody will provoke her husband's anger. After a few days spent in Quebec City, they decide to go back to New York City via Montreal to visit the city a bit. They find a nice hotel downtown and decide to go out dancing. Lyse is glad as she loves to dance, but here again, she is far from knowing what awaits her. Once they've arrived in a bar,

surveiller qu'autre chose. Il veut évidemment conduire tout le temps alors que Lyse aimerait aussi prendre le volant de temps à autre. Elle mentionne son désir de conduire mais c'est bien sûr peine perdue. Lenny conduit donc tout au long du voyage. Ils font une pause pour acheter de quoi manger et Lyse finit ses frites dans la voiture car Lenny voulait repartir au plus vite. Elle fait malencontreusement tomber une frite entre son siège et la porte. Lenny est furieux car elle gesticule pour essayer de la récupérer, il lui dit qu'elle n'a aucun respect pour le chauffeur, qu'elle fait tout pour l'empêcher de bien conduire, qu'elle ne se comporte pas en épouse normale et respectueuse. Arrivés à Québec, Lyse et Lenny cherchent leur hôtel, s'installent et vont à l'université pour s'inscrire à la conférence. Ils rencontrent les organisateurs et certaines personnes qui vont présenter comme Lyse, mais Lenny semble constituer une barrière entre elle et les gens, il se présente à tout le monde comme son mari et ne lui permet pas de parler à qui que ce soit s'il n'est pas à côté d'elle. Ceci limite quelque peu les discussions, Lyse est frustrée mais elle craint aussi de provoquer sa colère, donc au lieu de poser des questions, d'échanger avec les autres sur des sujets qui lui tiennent à cœur, elle se tait, se renferme et attend que la conférence se passe en espérant que rien ni personne ne viendra provoquer la colère de son mari. Après quelques jours passés dans la ville de Québec, ils décident de redescendre à New-York en passant par Montréal pour visiter un peu la ville. Ils trouvent un hôtel agréable en

they listen to music near the dance floor and slowly start to dance a little. But instead of spending a nice evening and of having fun, Lenny reproaches Lyse for not knowing how to dance, despite the fact that they had enjoyed dancing together several times before, he tells her that his cousins and sisters dance a lot better than her. So, she stops and Lenny reproaches her for abandoning him on the dance floor, even though both were on the edge. He is mad and stops talking to her, again the evening is ruined and Lyse doesn't know it yet but the next day is also ruined. In the morning, they get back on the road to get home to New York City. Lenny is the one driving again and he refuses to let Lyse drive. After a few hours, Lyse is thirsty, she would like Lenny to stop so that she can buy something to drink. She didn't think that such a simple request could trigger her husband's wrath. Still in a bad mood from the incident that happened the night before, he accuses her of being whimsical, of always wanting to do as she pleases, of wanting to decide, even though they already drove for a long time and it seemed natural to her to stop to drink something and take a break. Lenny refuses to stop, he will take a break later when he feels like it. They somehow arrive in New York City after a trip tainted with a heavy atmosphere.

centre-ville et décident de sortir danser. Lyse est ravie car elle aime beaucoup danser, mais là encore, elle n'imagine pas ce qui l'attend. Une fois arrivés dans un bar, ils écoutent la musique au bord de la petite piste de danse et se mettent lentement à danser un peu. Mais au lieu de passer une bonne soirée et de s'amuser, Lenny reproche à Lyse de ne pas savoir danser, malgré le fait qu'ils aient apprécié de danser ensemble à plusieurs reprises auparavant, il lui dit que ses cousines et ses sœurs dansent bien mieux qu'elle. Elle s'arrête donc et Lenny lui reproche de l'avoir abandonné sur la piste, alors qu'ils étaient tous les deux au bord. Il est fâché et ne lui parle plus, là encore la soirée est gâchée et Lyse ne le sait pas encore mais la journée du lendemain également. Le matin, ils prennent la route pour rentrer à New-York. C'est à nouveau Lenny qui conduit et il refuse de céder le volant à Lyse. Après quelques heures, Lyse a soif, elle aimerait donc que Lenny s'arrête pour qu'elle puisse acheter à boire. Elle ne pensait pas qu'une demande si simple pourrait attirer la colère de son mari. Encore de mauvaise humeur par rapport à la veille, il l'accuse d'être capricieuse, de vouloir n'en faire qu'à sa tête, de vouloir décider, alors qu'ils ont roulé depuis un bon moment et qu'il lui semble naturel de s'arrêter pour boire quelque chose et faire une pause. Lenny refuse de s'arrêter, il fera une pause plus tard quand il en aura envie. Tant bien que mal ils arrivent à New-York après un voyage chargé d'une lourde ambiance.

One evening, as Lenny comes back from work, Lyse tells him she was contacted by one of the organizers of the conference they just attended. The person asks her to present in a different city on a similar topic. Lyse plans on working on another article and tells Lenny her desire to accept the invitation. Once again, the opposite of what she expected happens, instead of rejoicing, Lenny makes a scene. He tells Lyse she gave her email and number on purpose to all the persons at the conference, so that they could contact her again, to try to see them without him. He gets mad, angry, he screams. He comes close to Lyse's desk and hits her computer with a violent punch. Shocked, Lyse is paralyzed and doesn't dare say anything. Lenny acts as if he hadn't done anything and continues losing his temper. The morning after, once Lenny is gone, Lyse quickly goes check her computer. It is completely broken, the screen and keyboard are deformed and the computer doesn't start. Lyse is hurt, upset, this computer, broken, unusable, destroyed, seems to symbolize Lyse's state. She is devastated to observe her husband's meanness, violence, hatred. Lyse had saved a few things but not all her documents. Besides, not having a computer isolates her even more from the rest of the world. She won't be able to check her email as regularly, nor the news she used to read on different websites. Her cell phone is rudimentary, so she has to go to the library to go online and as Lenny doesn't really like her to go out, she tries to go as little as possible, as she must inform him of all she does. The

Un soir, lorsque Lenny rentre du travail, Lyse lui annonce qu'elle a été contactée par une des personnes organisatrices de la conférence à laquelle ils viennent d'assister. La personne lui demande de présenter dans une autre ville sur un sujet similaire. Lyse compte donc travailler à un nouvel article et indique à Lenny son désir d'accepter l'invitation. Une fois de plus, l'inverse de l'effet escompté se produit et au lieu de se réjouir, Lenny fait une scène à Lyse. Il lui dit qu'elle a fait exprès de donner ses coordonnées à toutes les personnes de la conférence, pour qu'elles la contactent à nouveau, pour essayer de les revoir sans lui. Il s'énerve, enrage, hurle. Il s'approche du bureau de Lyse et frappe d'un violent coup de poing son ordinateur. Sous le choc, Lyse, paralysée, n'ose rien dire. Lenny fait comme s'il n'avait rien fait et continue à s'emporter. Le lendemain matin, une fois Lenny parti, Lyse va vite voir l'état de son ordinateur. Il est complètement cassé, l'écran et le clavier sont déformés et l'ordinateur ne démarre plus. Lyse est blessée, meurtrie, cet ordinateur cassé, inutilisable, détruit semble symboliser l'état de Lyse. Elle est anéantie de constater la méchanceté, la violence et la haine de son conjoint. Lyse avait fait quelques sauvegardes mais pas de tous ses documents. En outre, ne plus avoir d'ordinateur l'isole encore un peu plus du reste du monde. Elle ne pourra pas accéder à ses messages de manière aussi régulière, ni aux informations qu'elle lisait sur différents sites. Son téléphone portable est rudimentaire, elle doit donc se rendre à la bibliothèque

net is closing in on Lyse, she is weakened, afraid, on the verge of breakdown.

A few weeks later, graduation arrives. Lyse's parents make the trip to attend this memorable event. Every time they had come to see their daughter in the United States (and they had already come over several times) their stay had gone extremely well. This time, however, they can feel a certain tension, find their daughter a bit nervous and stressed. Lenny is of course not uninvolved in the state Lyse is in. Besides, he tells nonsense stories to Lyse's parents. He tells them that their daughter is very selfish, a spoiled child who has him wrapped around her finger, who wants to decide everything and throws tantrums. He paints such a negative image of Lyse that her parents are beginning to doubt. They doubt a bit what he tells them as they know their daughter well and as they, nor anyone else, have never described or considered her in such a way, but Lenny seems so deep, so honest and kind that they can only start believing him. While Lyse is still sleeping, early in the morning he tells his parents-in-law false secrets. Every day, he takes them to the side and tells them what he endures. He goes on walks with them and opens his heart to them, talks about his family, tells them how perfect his mother and sisters are, and

pour consulter internet et comme Lenny n'aime pas vraiment qu'elle s'autorise des sorties, elle essaie d'y aller le moins souvent possible, étant donné qu'elle doit le tenir au courant de ses moindres déplacements. L'étau se resserre, Lyse affaiblie, apeurée, est au bord de la défaillance.

Quelques semaines après, la remise des diplômes arrive. Les parents de Lyse se déplacent pour assister à cet événement marquant. Chaque fois que les parents de Lyse étaient venus voir leur fille aux Etats-Unis (et ils avaient fait le voyage plusieurs fois) leur séjour s'était extrêmement bien passé. Cette fois cependant, ils sentent une certaine tension, trouvent leur fille un peu nerveuse et stressée. Lenny n'est évidemment pas étranger à l'état dans lequel se trouve Lyse. De plus, il raconte des balivernes aux parents de Lyse. Il leur dit que leur fille est très égoïste, enfant gâtée qui le mène par le bout du nez, qui veut tout décider et fait des caprices. Il peint une image si négative de Lyse que ses parents commencent à douter. Ils doutent d'abord un peu de ce que Lenny leur dit car ils connaissent bien leur fille et elle n'a jamais été décrite ni considérée de la sorte par qui que ce soit, ni eux, ni personne d'autre, mais Lenny a l'air si profond, si honnête et gentil que les parents de Lyse ne peuvent que commencer à le croire. Pendant que Lyse dort encore, tôt le matin, il fait ses fausses confidences à ses beaux-parents. Il les prend à part tous les jours et leur raconte ce qu'il endure. Il les amène se promener, leur

continues to put down their daughter, in a subtle, insidious way. He invents many things about her, tells them that she reacts to some event in a way that has nothing to do with reality. He manages to manipulate them so well that they start to believe that he knows their daughter better than they do, even though he is the only person who sees her in a way so far from the truth. Lyse has been so put down by Lenny, she lost so much of her confidence in herself, that she doesn't dare complain, that she doesn't dare talk to her parents, her sister or anyone else. She ends up feeling that Lenny is generous to put up with her and to be with her even though she has so little value. The day before graduation, a mass is organized at the university for students and their families. Lyse is happy to go but the night before, Lenny starts a fight, quietly in their bedroom, for an unimportant trifle. He talks to her for hours, whispering so that Lyse's parents can't hear him. He harasses Lyse and prevents her from sleeping. When he finally stops, Lyse has a hard time falling asleep and gets up the next day tired and a bit mad at her husband. As for Lenny, he seems sweet with his parents-in-law and with his wife (in front of his parents-in-law and everybody). After mass, the four of them go have lunch in a restaurant, and when Lenny leaves the table to go to the restroom, Lyse's mother tells her that she finds her tensed, stressed and harsh with her husband. Lyse starts to fall apart and tells her mother that it is because Lenny doesn't behave in the same way at all when they are not there, and that the

ouvre son cœur, leur parle de sa famille, leur dit combien ses sœurs et sa mère sont parfaites et continue à rabaisser leur fille, de façon subtile, insidieuse. Il invente maintes choses sur elle, leur dit qu'elle réagit à certains événements d'une manière qui n'a rien à voir avec la réalité. Il arrive à les manipuler si finement qu'ils commencent à croire qu'il connaît mieux leur fille qu'eux, alors qu'il est la seule personne à la percevoir d'une façon aussi éloignée de la vérité. Lyse a tellement été rabaissée par Lenny, elle est tellement épuisée, elle a tellement perdu confiance en elle, qu'elle n'ose se plaindre, qu'elle n'ose parler à ses parents, à sa sœur, ou à qui que ce soit d'autre. Elle finit par avoir l'impression que Lenny est généreux de la supporter et d'être avec elle alors qu'elle a si peu de valeur. La veille de la remise des diplômes, une messe est organisée à l'université pour les étudiants et leurs familles. Lyse est contente d'y aller mais le soir qui précède, Lenny lui fait une scène, doucement dans leur chambre, pour une broutille sans importance. Il lui parle des heures et des heures en chuchotant pour que les parents de Lyse n'entendent pas. Il harcèle Lyse et l'empêche de dormir. Quand il arrête finalement son manège, Lyse a beaucoup de mal à s'endormir et se lève le lendemain fatiguée et un peu fâchée contre son mari. Lenny quant à lui se montre doux envers ses beaux-parents et envers sa femme (devant ses beaux-parents et tout le monde). Après la messe, ils vont tous les quatre déjeuner dans un restaurant, et lorsque Lenny s'absente pour aller aux toilettes, la mère de Lyse lui dit qu'elle la trouve tendue,

night before, he kept her up a big part of the night to reproach her and to insult her, even though she wanted to rest and sleep to feel good the day after. In the evening, the exact same thing happens again. Lenny is kind, in a good mood, in front of his parents-in-law, but as soon as they go to bed, he finds an occasion to again start a fight with his wife, this time he accuses her of liking an actor, of being in love with him. She tells him that it is not the case and would like to sleep for the big day, graduation. But Lenny doesn't leave her alone, harasses her, accuses her, insults her. She is upset, she cries, she sleeps badly once again. Instead of getting up the next day happy and eager to live this great day, she is tired and sad. Her parents can feel she is a bit tensed, but graduation goes well. Yet, Lyse is upset deep inside. She remembers graduation for her master's in the same university, her family had come over to attend it and support her, they were happy to be together and to simply celebrate this success. She remembers five year later everything she had felt that day, she was happy, positive, serene, balanced. The long-awaited day is finally here, the one that marks the end of her studies, but she doesn't have the same feelings. She should be happy, proud, joyful, smiling, but she lost her optimism and joy. Still, she can feel a certain relief, satisfaction to have successfully finished her studies but she cannot help think about everything she had felt during her first graduation in the United States. She tries to disregard all this to appreciate the present moment. And she manages to seize with

stressée, dure avec son mari. Lyse commence à craquer et dit à sa mère que c'est parce que Lenny ne se comporte pas du tout de la même manière quand ils ne sont pas là et que la veille, il l'a gardée éveillée une partie de la nuit à lui faire des reproches et à l'insulter, alors qu'elle voulait se reposer et dormir pour être en forme le jour suivant. Le soir, il se produit exactement la même chose. Lenny est agréable, de bonne humeur, devant ses beaux-parents, mais dès qu'ils sont au lit, il trouve une occasion pour à nouveau faire une scène à sa femme, il l'accuse cette fois d'aimer un acteur, d'en être amoureuse. Elle lui dit que ce n'est pas le cas et aimerait dormir pour le grand jour du lendemain, la remise des diplômes. Mais Lenny ne la laisse pas tranquille, la harcèle, l'accuse, l'insulte. Elle est énervée, elle pleure, elle dort peu et mal encore une fois. Au lieu de se lever le lendemain heureuse et impatiente de vivre cette belle journée, elle est fatiguée et triste. Ses parents la sentent un peu tendue mais la remise des diplômes se passe assez bien. Lyse est cependant affligée au fond d'elle. Elle se rappelle la remise des diplômes pour son master dans la même université, sa famille était venue la soutenir et assister avec joie à cette célébration, ils avaient fêté simplement cette réussite. Lyse se souvient cinq ans après de tout ce qu'elle avait ressenti ce jour-là, elle était heureuse, positive, sereine, équilibrée. Le jour tant attendu arrive enfin, celui qui termine réellement les études, mais elle ne ressent absolument pas les mêmes sensations. Elle devrait être heureuse, fière, joyeuse, souriante, mais elle

pleasure the importance of the moment when she is on stage with the other students who are receiving their doctorate and with the professors. Master's students are sitting in the room with the public, they get up, one after another and come to the stage to get their degrees and to shake hands with the dean. Next, it is the turn of the students who are receiving their doctorate degree, they get up and their dissertation directors, if present, congratulate them. When Lyse gets up, her dissertation director gets up too, she gets her degree, shakes the dean's hand and in the middle of the stage, she meets her director who congratulates her and gives her a hug. This specific moment is precious, as they both worked together on this doctoral dissertation and Lyse knows that it is the completion of many years of study, she feels glad to have reached her goal, long to reach but precious. She breathes and is happy, happy to have successfully done what she wanted to do, to have arrived at the end of her studies, it is the highest university degree, so she knows that she is done. The joy is intense, deep, personal, and interior. The immediate circumstances are not as pleasant but the day goes by and Lyse is still satisfied. After the ceremony, Lyse, two friends, her parents and husband go have lunch in a restaurant. Everything goes rather well but Lenny complains, saying he is tired. He almost falls asleep, when he could be proud and happy for his wife. He seems jealous, doesn't want to celebrate this success which is not his. His wife has now reached the same level of studies as him, she is also a doctor, and

a perdu son optimisme et sa joie. Elle ressent tout de même un certain soulagement, un contentement intérieur d'avoir terminé avec succès ses études mais elle ne peut s'empêcher de repenser à tout ce qu'elle avait ressenti lors de la remise de son premier diplôme aux Etats-Unis. Elle essaie de faire abstraction de tout cela pour apprécier le moment présent. Et elle parvient, intérieurement à saisir avec plaisir l'importance du moment où elle se retrouve sur la scène de la salle, avec les autres étudiants qui reçoivent leur doctorat et avec les professeurs. Les étudiants de master sont assis dans la salle avec le public, ils se lèvent chacun à leur tour et viennent sur la scène récupérer leur diplôme et serrer la main du doyen. C'est ensuite au tour des étudiants qui reçoivent leur doctorat, ils se lèvent et les directeurs de thèse, s'ils sont présents, les félicitent. Quand Lyse se lève, son directeur de thèse se lève aussi, elle obtient son diplôme, serre la main du doyen et retrouve au milieu de la scène son directeur qui la félicite et la serre dans ses bras. Ce moment-là est précieux, car ils ont tous deux travaillé ensemble sur la thèse de doctorat et Lyse sait que c'est l'aboutissement de toutes ses années d'études, elle est contente d'avoir atteint son but, but long à atteindre mais précieux. Elle respire et se sent heureuse, heureuse d'avoir réussi à faire ce qu'elle voulait faire, à arriver à la fin de ses études, c'est le plus haut diplôme universitaire, elle sait qu'elle a donc terminé. Toute cette joie est intense, profonde, personnelle et intérieure. Les conditions extérieures ne sont pas aussi plaisantes, mais la journée continue et

this doesn't seem to please him, even if he still considers doctorates in sciences harder and more important than the ones in philosophy. In the United States, the doctorate confers a certain status, it is a title that appears on business cards and follows the name of the person who received it. Lenny isn't happy that his wife has the same rank, the same respectable status. But life goes on, Lyse's parents go back to France and the usual routine resumes.

Verbal violence becomes more intense, insults rain down without Lyse knowing why. The status of doctor, the higher salary that Lyse is going to have the following September, irritate Lenny and if possible, make him even more odious. He talks down to Lyse, manipulates her, making completely absurd scenes for insignificant details that don't merit recounting. Everything is susceptible to unleash Lenny's wrath, to bring out his meanness, his aggressiveness, frustration, hatred. He seems to enjoy harassing his wife, as some kind of irrational sadist who doesn't control himself

Lyse se sent quand même satisfaite. Après la cérémonie, Lyse, deux amies, ses parents et son mari vont déjeuner ensemble dans un restaurant. Tout se passe assez bien mais Lenny se plaint, il dit qu'il est fatigué. Il s'endort presque, alors qu'il pourrait être fier et content pour sa femme. Il semble jaloux, ne veut pas fêter ce succès qui n'est pas le sien. Sa femme a maintenant le même niveau d'études que lui, elle est aussi docteur et ce fait ne semble pas lui plaire, même s'il considère toujours que les doctorats en sciences sont plus difficiles et importants que ceux en philosophie. Aux Etats-Unis, le doctorat confère un certain statut, c'est un titre qui apparaît sur les cartes de visites, qui suit le nom de la personne qui l'a obtenu. Lenny n'est donc pas ravi que sa femme ait ce même grade, ce même statut respectable. Quoi qu'il en soit, la vie continue, les parents de Lyse repartent en France et la routine habituelle reprend.

Les violences verbales se font plus intenses, les insultes pleuvent sans que Lyse ne sache pourquoi. Le statut de docteur, le salaire plus élevé que Lyse va avoir dès la rentrée de septembre irritent Lenny et si cela est possible le rendent encore plus odieux. Il rabaisse Lyse par des mots, la manipule, lui fait des scènes complètement absurdes pour des détails anodins qui ne méritent même pas la peine d'être relatés. Tout est sujet à faire gronder la colère de Lenny, à faire ressortir sa méchanceté, sa hargne, sa frustration, sa haine. Il a l'air de prendre plaisir à s'acharner sur sa femme, comme

any longer. Lyse cannot stand being a scapegoat anymore, she is beginning to rebel inside and to find this unfair situation unbearable, she wants things to change. She chose to marry Lenny, so she tries to live up her role as a wife, but she wants to make certain things progress. She talks to Lenny when his brain isn't in a feverish and demoniac boiling state, and they both manage to decide to move. She believes that finding a different apartment together will help them move forward. As Lyse has more time than Lenny, she is the one in charge of looking at apartments. One day, she makes an appointment to visit one, but Lenny refuses to go with her for some unknown reason. Lyse who wants things to evolve, decides to still go to the appointment. She walks there, visits the apartment with the real estate agent and goes back home ready to tell her husband about the visit. She had forgotten the extent of his anger and jealousy. He accuses her of having wanted to dishonor him in being in the same room with another man than him, he tells her that she certainly tried to seduce that man, that she wanted to sleep with him as she was a whore. Lyse is saddened by this new rage but not too surprised as she now knows she is married to a mean and paranoid man. At the end of her tether, she decides to talk to her parents and to open her heart on the true face of her husband. She talks to her mother on the phone, her mother comforts her, tells her that it is good to try to make a marriage work but that if it is impossible, divorce is also an option. Lyse would like to take some distance but is a

une sorte de sadique irrationnel qui ne se contrôle plus. Lyse ne supporte plus d'être un bouc-émissaire, elle commence à se rebeller au fond d'elle et à trouver cette situation injuste insoutenable, elle veut que les choses changent. Elle a choisi d'épouser Lenny, elle essaie donc d'assumer son rôle de femme, mais elle a envie de faire évoluer certaines choses. Elle parle à Lenny quand son cerveau n'est pas en ébullition fiévreuse et démoniaque, et ils arrivent tous deux à prendre la décision de déménager. Elle pense que trouver ensemble un autre appartement les aidera à aller de l'avant. Comme Lyse a plus de temps que Lenny, c'est elle qui se charge de regarder les appartements. Un jour elle prend rendez-vous pour en visiter un, mais Lenny refuse de l'accompagner pour une raison inconnue. Lyse qui veut vraiment faire évoluer les choses, décide d'aller tout de même à ce rendez-vous. Elle s'y rend à pied, visite l'appartement avec l'agent immobilier et rentre chez elle prête à faire un compte rendu de sa visite à son mari. Elle avait oublié à quel point ce dernier était coléreux et jaloux. Il l'accuse d'avoir voulu le déshonorer en se trouvant dans une même pièce avec un autre homme que lui, d'avoir très certainement essayé de séduire cet homme, d'avoir voulu coucher avec lui puisqu'elle était une traînée. Lyse est peinée de cette nouvelle furie mais finalement pas si surprise que cela car elle sait maintenant qu'elle est mariée à un homme méchant et paranoïaque. A bout, elle décide de parler à ses parents et de leur ouvrir son cœur sur le vrai visage de son mari. Lyse joint sa mère au

bit stuck in this situation as the two families had planned to spend several weeks together in July, in Lenny's family.

After other incoherent scenes and fights, Lyse begins to try and push Lenny towards physical violence, she would like her suffering to be visible in day light, she would like people to understand what she constantly endures in her infernal prison. He breaks things, one day he violently throws her phone in her direction, it hits her in the ankle, but Lenny who is also smart, refuses to leave any physical trace of his violence, of his insane mood, of his meanness, of his limitless aggressiveness. Somehow, they manage to find an apartment they both like and the move is planned for the beginning of August, when Lyse will be in France. Lenny who likes it when people admire him, offers to move all by himself, as a perfect husband, an image he enjoys projecting around him. Days go by and the moment to leave for France arrives. As early as the first instants in the New York airport, Lenny starts to make a scene. They are talking about when they will be back, of the organization of the new apartment, of cooking, cleaning and Lenny accuses Lyse of not doing enough things, of being lazy, even though she is the one who does most of the

téléphone, sa mère la réconforte, en lui disant qu'il était bon d'essayer de faire fonctionner son mariage mais que si c'était impossible, le divorce était une option. Lyse aimerait prendre un peu de recul mais se sent pour le moment coincée dans cette situation car les deux familles avaient prévu de passer quelques semaines ensemble en juillet, dans la famille de Lenny.

Après d'autres scènes et disputes incohérentes, Lyse commence à essayer de pousser Lenny à la violence physique, elle aimerait que sa souffrance soit visible au grand jour, que les gens comprennent ce qu'elle vit en permanence dans sa prison infernale. Il casse des objets, lance un jour violemment son téléphone en sa direction, l'objet l'atteint à la cheville, mais Lenny, qui est aussi intelligent, se refuse à laisser toute trace physique de sa violence, de sa mauvaise humeur, de sa méchanceté, de son agressivité sans borne. Tant bien que mal, ils parviennent à trouver un appartement qui leur convient à tous les deux et le déménagement est prévu pour le début du mois d'août, quand Lyse sera encore en France. Lenny qui aime que les gens l'admirent propose de faire tout seul le déménagement, en mari parfait, image qu'il se plaît à projeter autour de lui. Les jours passent et le moment du départ pour la France arrive. Dès les premiers instants à l'aéroport de New-York, Lenny commence à faire une scène à Lyse. Ils discutent de la rentrée, de l'organisation de leur nouvel appartement, de la cuisine, du ménage et Lenny accuse Lyse de ne pas faire

housework, the meals, cleaning, laundry. Once again, he gets mad and commands Lyse to give him his passport, as he wants to be independent and travel by himself. Lyse thinks that this trip starts badly and sincerely hopes that things will get better, since after one week alone with Lenny's family, Lyse's family is supposed to meet them there. Things get more relaxed without any explanation and the young couple arrives in Paris then in the village in the center of France, which is their destination for the vacation. Lenny's family welcomes them. His favorite dishes are ready, he is happy to be with his family but he doesn't seem to care much about Lyse. She feels a bit excluded but accepts with resignation. Days go by, and of course she cannot do what she would like, instead she must follow her husband in everything that he decides without consulting her. Used to Lenny's selfishness, she tries to calmly wait until the day her family will arrive. That day is finally here and her family members stay in a house that they are renting. Lyse and Lenny sleep at Lenny's parents'. Unjustified and absurd scenes happen regularly. One night when they walk to get pizzas, they pass by a basketball court and Lenny makes a scene to Lyse because according to him she looked at the players, finds them charming and would like to seduce them. Lyse wasn't particularly looking at them and her thoughts were far from other men, she was just hoping her stay would go well but Lenny who has an overactive imagination and paranoia has decided otherwise. The rest of the stay goes by in the same way,

assez de choses, d'être paresseuse, alors que c'est elle qui fait la plupart des tâches domestiques, les repas, le ménage, les lessives. Il se fâche une fois de plus et ordonne à Lyse de lui donner son passeport, il veut être indépendant et voyager tout seul. Lyse se dit que ce voyage commence mal et espère de tout cœur que les choses vont s'arranger car après une semaine passée avec la famille de Lenny, la famille de Lyse est censée les rejoindre. Les choses se détendent sans explication et le couple arrive à Paris puis dans le village du centre de la France qui est leur destination pour les vacances. La famille de Lenny les reçoit. Ses plats préférés sont prêts, Lenny est heureux d'être avec sa famille mais il ne semble guère se soucier de Lyse. Elle se sent un peu exclue mais accepte résignée. Les jours passent, Lyse ne peut évidemment faire ce qu'elle aimerait faire, mais doit suivre son mari dans tout ce qu'il décide sans la consulter. Habituée à l'égoïsme de Lenny, elle essaie de patienter jusqu'au jour où sa famille arrivera. Ce jour arrive enfin et les membres de sa famille sont logés dans une maison qu'ils louent. Lyse et Lenny dorment chez les parents de Lenny. Des scènes injustifiées et absurdes se produisent régulièrement. Un soir où partant à pied chercher des pizzas, ils passent devant un terrain de basket, Lenny s'emporte contre Lyse car, selon lui, elle a regardé les joueurs, les trouve charmants et aimerait les séduire. Lyse ne les regardait pas particulièrement et ses pensées étaient loin d'autres hommes, elle espérait seulement que son séjour se passerait bien mais Lenny qui a une

a few calm moments interrupted by scenes and insults. One day, Lenny's youngest sister had taken the car, and was supposed to return around lunch time so that Lenny and Lyse could go visit some family members and could then go have dinner with Lyse's family whom they didn't see often during this stressful stay. Lenny's sister is very late, Lenny and Lyse, who cannot do anything without the car, wait for her to come back. Lenny is slowly getting mad and reaches the point of a crazy anger, which is strange as his family is perfect. Lyse tries to calm him down so that their stay can continue as serenely as possible in these circumstances. His anger worsens and the sister still doesn't arrive. Several hours of waiting go by, she finally arrives and without talking to her Lenny decides to go visit the family members with Lyse as planned. Later, one of his aunts, who has her own car, picks up the sisters and they eventually join them. Lyse is patient and talks with the family but after a long while tells Lenny that they are also supposed to go to her family's for dinner. And then, by some kind of weird magic, his anger turns to Lyse. His sister isn't guilty of anything anymore and it is Lyse who makes everybody's lives impossible with her spoiled child requests. In spite of all this, they leave but Lenny is boiling inside and his anger explodes again. He threatens to send Lyse to the hospital. He had let her drive as the roads are narrow and he isn't very confident driving, he tells her to stop the car and gets out, he threatens her even more violently when she tries to reason with him and have him get back

imagination et une paranoïa débordantes en a conclu autrement. La suite du séjour se déroule de la même façon, quelques moments assez calmes interrompus par des scènes et des insultes. Un jour, la sœur cadette de Lenny avait pris la voiture, elle devait rentrer à l'heure du déjeuner pour que Lenny et Lyse puissent aller rendre visite à des membres de la famille de Lenny et aller ensuite dîner avec la famille de Lyse qu'ils ne voyaient pas beaucoup lors de ce séjour tendu. La sœur est très en retard, Lenny et Lyse, qui ne peuvent rien faire sans la voiture, attendent qu'elle rentre. Lenny s'énerve petit à petit et en arrive à une colère folle, chose étrange vu que sa famille est si parfaite. Lyse tente de le calmer pour que le séjour se déroule le plus sereinement possible vu les circonstances. Sa colère augmente et la sœur n'arrive toujours pas. Plusieurs heures d'attente passées, elle arrive enfin et sans lui parler Lenny décide de partir voir les membres de sa famille avec Lyse comme prévu. Plus tard, une de ses tantes qui a sa propre voiture passe chercher les sœurs et elles se joignent finalement à eux. Lyse patiente et parle avec la famille mais après un long moment indique à Lenny qu'ils devaient aussi se rendre dans sa famille pour dîner. Et là, par une sorte de magie bizarre, sa colère se tourne vers Lyse. Sa sœur n'est plus coupable de quoi que ce soit et c'est Lyse qui rend la vie impossible à tout le monde avec ses requêtes d'enfant gâtée. Malgré tout cela, ils reprennent la route mais Lenny bout au fond de lui et sa colère explose à nouveau. Il menace Lyse de l'envoyer à l'hôpital. Il

in the car. So, she gives up and thinks that his aunt will drive him back. When she gets to Lenny's parents', Lyse doesn't know how to explain this unfair and absurd situation. Lenny's parents say they are sorry about this story and of course they are worried for their son and wonder what Lyse did to him. A moment later, Lenny arrives with his aunt and sisters, and despite the icy atmosphere, the evening goes by, but the dinner with Lyse's family won't happen as Lenny tells her that he decided they would stay with his parents. At night, Lenny and Lyse are by themselves in their room, Lyse wants to sleep so that the next day comes as fast as possible but it is without thinking of Lenny's obstinacy. Once more he utters the usual insults and tells Lyse that he is ashamed of her. He wants to have intercourse, obviously she is far from feeling like it, but as usual, she forces herself to avoid a scene that would only worsen an already degraded situation. Lyse tells herself that it is necessary that she hold strong, that her family have a decent stay and that she will soon be free for a few days, as after their stay at Lenny's parents', she will go to her parents' in the north-west, whereas Lenny will go back to New York City for work. Lyse then turns towards the wall and wants to try to fall asleep. Lenny harasses her again and as she is doing everything to avoid an umpteenth scene, Lenny violently hits her with a pillow, Lyse gets up fed up and leaves the room to take some air. What a bad idea. As she doesn't make any noise, Lenny's youngest sister screams that Lyse is a disgrace for this respected and

l'avait laissé conduire car les routes sont étroites et il n'est pas sûr de lui au volant, il lui dit d'arrêter la voiture, il en sort et menace Lyse de plus belle quand elle tente de le raisonner et de le faire remonter dans la voiture. Elle abandonne donc, se disant que sa tante se chargera de le ramener. Arrivée chez les parents de Lenny, Lyse ne sait pas vraiment comment expliquer cette situation injuste et absurde. Les parents de Lenny se disent navrés de cette histoire et bien évidemment ils sont inquiets pour leur fils et se demandent ce que Lyse a bien pu lui faire. Un moment après, Lenny rentre avec sa tante et ses sœurs et malgré l'ambiance glacée, la soirée continue son cours, mais le dîner avec la famille de Lyse n'aura pas lieu puisque Lenny indique qu'il a décidé qu'ils resteraient chez ses parents. Le soir Lenny et Lyse se retrouvent seuls dans la chambre, Lyse veut dormir pour que le lendemain arrive le plus vite possible mais c'est sans compter sur la persistance de Lenny. Il ressort les insultes habituelles et dit à Lyse qu'elle lui fait honte. Il veut avoir des rapports avec elle, elle est évidemment loin d'en avoir envie, mais comme d'habitude elle se force pour éviter une scène qui ne ferait qu'empirer une situation déjà bien dégradée. Lyse se dit qu'il faut qu'elle tienne bon, que sa famille passe un séjour décent et qu'elle sera bientôt libre quelques jours, puisqu'après le séjour chez les parents de Lenny, elle doit se rendre chez ses parents dans le nord-ouest alors que Lenny retournera à New-York reprendre le travail. Lyse se tourne ensuite vers le mur et veut essayer de s'endormir. Lenny la harcèle encore et alors

respectable family, she takes it out on Lyse, just like Lenny, even though she doesn't know what happened in the bedroom. Once this gratuitous meanness is expressed, Lyse is the one who apologizes and everybody goes to bed. The end of the stay is fraught with tension, Lyse is exhausted but thinks only of her imminent even if momentary liberation. That Saturday, the two families are supposed to go together to the church where Lenny's family usually goes. Lyse's grandmother puts on her best clothes and with the other members of the family they arrive in the morning ready to go worship together. But, probably because of the recent crisis, everybody has an excuse to not go with them. One of Lenny's sisters isn't feeling well, the others must stay with her, the eldest brother is too busy, the mother must stay with her husband who supposedly cannot walk. Disappointed, Lyse's family members still go to church, Lenny accompanies them. In the afternoon, after lunch, they are relaxing at the house where Lyse's family is staying. Lenny calls his parents to see if they want to do something together. Weirdly enough, no one picks up the phone, so he tries to reach one of his sisters on her cell phone and she answers saying that they all left to go see a cousin who lives at the other end of the department. Needless to mention Lyse's surprise when she finds out that everyone is feeling well enough to go for a visit but not to go to church with her family as planned. Lyse's mother had invited Lenny's family to have lunch with them the day after. They all make the effort to come,

qu'elle fait tout pour éviter une énième scène, Lenny la frappe violemment avec un coussin, Lyse se lève à bout et sort de la chambre pour respirer un peu. Quelle mauvaise idée. Alors qu'elle n'a fait aucun bruit, la sœur cadette de Lenny hurle que Lyse est une honte pour cette famille respectée et respectable, elle se défoule sur Lyse, tout comme Lenny, alors qu'elle ne sait même pas ce qui s'est passé dans la chambre. Une fois cette méchanceté gratuite exprimée, Lyse est celle qui s'excuse et tout le monde part se coucher. La fin du séjour se déroule de façon tendue, Lyse est épuisée mais ne pense qu'à sa délivrance, momentanée mais imminente. Le samedi, les deux familles sont censées se rendre ensemble au temple où la famille de Lenny a l'habitude d'aller. La grand-mère de Lyse a mis ses plus beaux habits et, avec les autres membres de sa famille, arrive le matin prête à aller prier ensemble. Mais certainement à cause de la crise récente, tout le monde a une excuse pour ne pas y aller avec eux. Une des sœurs de Lenny ne se sent pas bien, ses autres sœurs doivent rester près d'elle, le frère aîné est trop occupé, la mère doit rester avec son mari qui soi-disant ne peut se déplacer. Déçus, les membres de la famille de Lyse se rendent tout de même au temple, Lenny les accompagne. L'après-midi, après le déjeuner, ils se reposent à la maison où est installée la famille de Lyse. Lenny appelle chez ses parents pour savoir s'ils veulent faire quelque chose ensemble. Bizarrement, personne ne répond au téléphone, il essaie donc de joindre une de ses sœurs sur son portable et elle répond en disant

except Lenny's youngest sister who feels a lot superior to these people. Lenny's family says they are all believers and religious, but words, easy to pronounce, are often contradicted by the family's actions. The days go by and the departure day is finally here. It is without the slightest ounce of sadness that Lyse says good-bye to her husband and his family, she is impatient to be at last by herself at her parents'.

Of course, it is impossible for her to relax and to only think about herself for a few days as Lenny demands that they talk on the phone several times a day and every time, he finds a way of insulting her, of verbally assaulting her, gratuitously, without any valid reason. He tells her that his ex-girlfriends are better than her, that she will never have as much class as them, that she will never compare to them, that they were better on all levels, intellectually, sexually, socially. He yells on the phone when Lyse wants to hang up, he threatens to fly over to settle this, his voice transforms, he loses all control of himself, and reason seems to have abandoned him. Lyse can't take it anymore and after a few days of this harassment, Lyse talks to her

qu'ils sont tous partis voir une cousine à l'autre bout du département. Inutile de mentionner la surprise de Lyse quand elle apprend que tout le monde est assez en forme pour aller se promener mais pas pour aller au temple avec sa famille comme c'était prévu. La mère de Lyse avait invité la famille de Lenny à déjeuner le lendemain. Ils font l'effort de se déplacer, excepté la sœur cadette de Lenny qui se sent bien supérieure à ces gens. Toute la famille de Lenny se dit très croyante et religieuse, mais les mots, faciles à employer, sont souvent contredits par leurs actions. Les jours passent et le moment du départ arrive enfin. C'est sans la moindre once de tristesse que Lyse dit au revoir à son mari et à sa famille, elle a hâte de se retrouver enfin seule chez ses parents.

Evidemment, il ne lui est pas possible de se relaxer et de ne penser qu'à elle pour quelques jours puisque Lenny exige qu'ils se parlent au téléphone plusieurs fois par jour et à chaque fois, il trouve le moyen de l'insulter, de l'agresser verbalement gratuitement, sans raison valable. Il lui dit que ses ex-compagnes sont mieux qu'elle, qu'elle n'aura jamais autant de classe qu'elles, qu'elle ne leur arrivera jamais à la cheville, qu'elles étaient mieux qu'elle à tous les niveaux, intellectuel, sexuel, social. Il hurle au téléphone quand Lyse veut raccrocher, il la menace de venir lui régler son compte, sa voix se transforme, il perd tout contrôle de lui-même et la raison semble l'avoir abandonné. A bout après plusieurs jours de ces

parents, and one day, as her mother is close to her when Lenny calls, Lyse has her mother listen to Lenny's ranting on the phone. Lyse's mother makes her see the obvious truth: Lenny's behavior isn't acceptable. Thankfully, Lyse's parents support her, comfort her, for even from a distance Lenny applies his evil hold on her. The fact that she can talk and the fact that Lyse's parents think all this isn't normal help Lyse to take some distance from the doldrums in which she now lives. Every day the same goings-on happen, Lenny, beside himself, insults her, yells, screams without Lyse knowing why. He even gets to the point of threatening to strangle her. With her parents' support, after long discussions and reflections, Lyse thinks she must leave him but she is afraid to do so, fearing retaliation. As things get worse, she firmly decides to end this nightmare and to not go back to their apartment when she returns to New York City, to break up.

Stressed but determined, Lyse goes free herself from this monster. She still needs to see him as he has their car key and their new apartment key. When she arrives at the airport, it is with a fawning smile that Lenny greets her. She stays cold with him but tries to talk to him normally in order to get the car (which is in

harcèlements, Lyse parle à ses parents et un jour, la mère de Lyse se trouve près d'elle lorsque Lenny l'appelle, Lyse lui fait donc écouter toutes les élucubrations de Lenny au téléphone. La mère de Lyse lui fait prendre conscience de l'évidence : le comportement de Lenny n'est pas acceptable. Heureusement que les parents de Lyse la soutiennent, la réconfortent car même à distance Lenny exerce son emprise maléfique sur elle. Le fait de pouvoir parler et le fait que les parents de Lyse pensent que tout cela n'est pas normal aident Lyse à prendre quelque distance par rapport au marasme dans lequel elle évolue à présent. Chaque jour le même manège se reproduit, Lenny hors de lui insulte, crie, hurle sans que Lyse ne sache pourquoi. Il en arrive même à la menacer de l'étrangler. Avec le soutien de ses parents, après de longues discussions et réflexions, Lyse se dit qu'elle devrait quitter son mari mais elle a peur de passer à l'acte, elle craint les représailles. Les choses empirant au téléphone, elle décide fermement de mettre un terme à ce cauchemar, de ne pas rentrer dans leur nouvel appartement à son retour à New-York, de rompre.

Stressée mais déterminée, Lyse part se libérer de ce monstre. Elle a toutefois besoin de le voir puisque c'est lui qui a la clé de leur voiture et de leur nouvel appartement. Quand elle arrive à l'aéroport, c'est avec un sourire mielleux que Lenny l'accueille. Elle reste froide avec lui mais essaie de lui parler

her name) and her things. Lenny is surprised to learn Lyse doesn't want to sleep at their place, but he acts with a sweet and understanding attitude. Lyse gets the car key and the key to the apartment. Lenny wants to talk, and she accepts but tells him that it has to be in a public place. So they talk in a small park near their new apartment; Lenny tells her that he changed, that he cannot live without her, that he loves her more than anything. He confesses that he lied to her several times. Is he trying to redeem himself, to show his weak side, to appear honest to keep her? He tells her that he went out several times with a female friend who came to visit New York City even though he hadn't mentioned it during her stay. He also confesses that two of the persons with whom he is in contact are ex-girlfriends, something Lyse is forbidden to do. He admits he lied to her on many occasions. Lenny appears nice, sweet, he explains that his love for Lyse has no limits. When he realizes that she has the strong intention of leaving him, his attitude changes and he becomes again the furious monster that she saw on many different occasions. She manages to get out of this uncomfortable situation and goes downtown to find a hotel. The next day, she looks for a room for the last two weeks of August and hopes to find an apartment for the beginning of September. She starts work at the end of August, she must attend information meetings for new professors. It is her first year teaching at that university, she would like to make a good impression and to live in a place where she would feel secure. Once

normalement pour parvenir à récupérer la voiture (qui est au nom de Lyse) et ses affaires. Lenny est surpris d'apprendre que Lyse ne veut pas dormir chez eux, mais il adopte une attitude douce et compréhensive. Lyse obtient la clé de la voiture et la clé de l'appartement. Lenny veut discuter, elle accepte mais lui indique que ce sera dans un lieu public. Ils parlent donc dans un petit parc qui se trouve près de leur nouvel appartement ; Lenny lui dit qu'il a changé, qu'il ne peut vivre sans elle, qu'il l'aime plus que tout. Il lui avoue qu'il lui a menti à plusieurs reprises. Essaie-t-il de se racheter, de montrer son côté faible, de paraître honnête pour la retenir ? Il lui dit qu'il était sorti plusieurs fois avec une amie qui était venue à New-York alors qu'il ne l'avait pas mentionné lors de sa visite. Il avoue également que deux personnes avec qui il était en contact étaient d'anciennes petites amies, chose qui n'était pas permise à Lyse. Il admet qu'il lui a menti de nombreuses fois. Lenny se montre gentil, doux, il explique que son amour pour Lyse n'a pas de limites. Quand il voit qu'elle a la ferme intention de se séparer de lui, il change d'attitude et redevient le monstre enragé qu'elle a maintes fois eu l'occasion de voir. Elle parvient à se sortir de cette situation inconfortable et part chercher un hôtel en ville. Le lendemain, elle cherche une chambre pour les deux dernières semaines d'août et elle espère trouver un appartement pour le début du mois de septembre. Elle commence à travailler fin août, elle doit assister à des réunions d'informations pour les nouveaux

she found a room to sublet, she leaves a few things there and calls a friend who tells her to stop by. Two friends are visiting her at that time but once Lyse told her the story, her friend tells Lyse to stay with them. Lenny oscillates between the kind husband who cannot live without Lyse and the monster that she now knows so well and who threatens to find her, to follow her and to kill her. Lyse feels better because she is freeing herself, but fear accompanies her as she doesn't know how far Lenny can go. Not wanting to see him again by herself, with her friend and the two friends who are visiting her, Lyse goes to get her things at Lenny's place. In thirty minutes, the four of them grab Lyse's things and she can finally breathe. Another delicate step is the process to make sure that her name isn't on the apartment lease anymore. Lyse doesn't want to be responsible if Lenny doesn't pay rent, and she knows he is not the best accountant to manage his money. Lenny needs to go with her to the agency as they must both sign a document. Lenny first accepts saying he is ready to do anything to get her back, but as they are getting closer to the agency, his tone starts to change, Lyse, anxious, prays that he is willing to go through with this. Once the car is parked, Lenny refuses to get out, after a long discussion he accepts, but when they arrive at the elevator, he tells Lyse that she is tearing him apart, that she's hurting him, that he suffers, he puts his hand on the wall and pounds it with his key until he bleeds to show Lyse he is hurting. Evidently moved, Lyse is touched, but she knows that this man

professeurs. C'est la première année qu'elle va enseigner dans cette université, elle aimerait faire bonne impression et habiter dans un lieu où elle se sentirait en sécurité. Une fois la chambre trouvée, elle y dépose quelques affaires et appelle une de ses amies qui lui dit de passer la voir. Deux amies sont en visite chez elle au même moment mais une fois que Lyse lui a raconté ses mésaventures, son amie lui propose de rester avec elles. Lenny oscille entre le mari gentil qui ne peut pas vivre sans Lyse et le monstre qu'elle connaît maintenant bien et qui la menace de la trouver, de la suivre et la tuer. Lyse se sent mieux car elle se libère mais la peur l'accompagne car elle ne sait pas jusqu'où Lenny peut aller. Ne voulant le revoir seule, c'est accompagnée de son amie et des deux amies qui lui rendent visite que Lyse part chercher toutes ses affaires chez Lenny. En trente minutes, elles récupèrent toutes les quatre les affaires de Lyse, qui respire enfin. Une autre étape un peu délicate est la procédure pour que son nom ne figure plus sur le bail de l'appartement. Lyse n'a pas envie d'être responsable si Lenny ne paie pas le loyer, elle sait qu'il n'est pas le meilleur comptable pour gérer son portefeuille. Il faut que Lenny l'accompagne à l'agence car ils doivent tous les deux signer un document. Lenny accepte d'abord en disant qu'il est prêt à tout faire pour la récupérer, mais alors qu'ils s'approchent de l'agence, il commence à changer de ton, anxieuse Lyse prie pour qu'il accepte d'aller jusqu'au bout. Une fois la voiture garée dans le parking, Lenny refuse d'en sortir, après une longue

has two faces, she remains firm and they arrive at the agency where Lenny delays things once more and calls a friend for him to reason with Lyse to not take her name off the lease. It is to no avail and after a tense moment, they sign the document and Lyse pays the fees so that her name doesn't show on the lease anymore. She holds onto the paper that proves it, drops Lenny off and is beginning to feel freer and freer. She also takes care of other administrative tasks. However, Lenny doesn't leave her at peace, he cannot stand not knowing where she lives, he ceaselessly calls her on the phone, leaves impassioned messages, sometimes loving, sometimes hateful, on her answering machine in her office and on her cell phone. One day, she finds a message from Lenny's youngest sister who also insults her for what she is making her brother endure. She tells her that she is worth nothing, that she vomits her as she is made of rottenness and keeps going with a series of insults. Lenny also calls the administration of the university where Lyse started to work. He tells many lies to the provost, who tells Lyse. Lyse must explain to him in a few words what she is going through even though she was trying to separate her work and private life. Lyse talks about this incident to the pastor who married them and he realizes that Lenny is going too far, she tells him a few striking facts and the pastor replies that sometimes in his conversations with Lenny, he understands that Lenny exaggerates and is not reasonable. Lenny finds out that Lyse talked to the pastor and as he doesn't agree with

discussion, il finit par accepter, mais alors qu'ils arrivent à l'ascenseur, il dit à Lyse qu'elle le déchire, qu'elle lui fait du mal, qu'il souffre ; il pose sa main sur le mur et avec sa clé il la martèle jusqu'au sang pour montrer à Lyse qu'il a mal. Evidemment émue, Lyse est atteinte, mais elle sait que cet homme a deux visages, elle reste ferme et ils arrivent à l'agence où Lenny retarde encore les choses et appelle un ami afin qu'il essaie de raisonner Lyse pour qu'elle n'enlève pas son nom du bail. C'est peine perdue et après un moment tendu, ils signent le document et Lyse paie les frais pour que son nom ne figure plus sur le bail. Elle garde précieusement le papier qui le prouve, dépose Lenny et commence à se sentir de plus en plus libre. Elle se charge également d'autres tâches administratives. Cependant, Lenny ne la laisse pas tranquille, il ne peut supporter de ne pas savoir où elle habite, il l'appelle sans arrêt au téléphone, lui laisse des messages enflammés, parfois amoureux, parfois haineux, sur son répondeur dans son bureau et sur son portable. Un jour, elle trouve un message de la sœur cadette de Lenny qui, elle aussi, l'insulte, pour ce qu'elle fait subir à son frère. Elle lui dit qu'elle ne vaut rien, qu'elle la vomit tellement elle est faite de pourriture, et enchaîne avec une série d'insultes. Lenny appelle aussi l'administration de l'université où Lyse a commencé à travailler. Il raconte de nombreux mensonges au doyen qui en parle à Lyse. Lyse est donc obligée de lui expliquer en quelques mots ce qu'elle vit alors qu'elle tâchait de séparer son travail de sa vie privée. Lyse parle

him, Lenny gets really mad and threatens to take Lyse's life if she talks to the pastor again. Lyse replies that he must leave her alone as otherwise she will alert the police, she has proofs of his threats in writing and in the messages he left on her cell phone that she recorded on her MP3 player. Lyse doesn't know if it is her words or the pastor's words which silence Lenny, maybe as usual he wants to avoid people seeing his true face, but from that day on, he stops harassing Lyse. A little while after the separation, Lyse's mother receives a letter from the center of France. It is addressed to her, handwritten and signed by Lenny's mother. This letter is actually a letter of insults towards Lyse. Lenny's mother indeed states how much better and superior her son is to Lyse, she explicitly writes that he deserves better than her, that her daughter is nothing but a slut. Lyse's mother hesitates before telling Lyse about it but she does so anyway. The shock of reading this missive gone, Lyse and her parents realize that Lenny and his family are to be pitied. Their meanness and arrogance cannot be signs of persons who are happy, blooming, and balanced. Lyse asks for a divorce, she doesn't need to talk nor write to Lenny as he has a lawyer. Everything goes through her and a few months after the separation, they have an appointment in a New York City court. Lyse is accompanied by the friend who helped her at the beginning of the separation and Lenny, who doesn't even look at them nor says hello is accompanied by his lawyer. Lyse is tensed, stressed to see again this noxious man, but when she leaves the

de cet incident au pasteur qui les avait mariés et ce dernier se rend compte que Lenny dépasse les bornes ; elle lui raconte quelques faits marquants et le pasteur répond que parfois dans ses conversations avec Lenny il comprend aussi qu'il exagère et n'est pas raisonnable. Lenny apprend que Lyse a parlé au pasteur et comme ce dernier ne lui donne pas raison, il se met dans une colère furieuse et menace la vie de Lyse si elle reparle au pasteur. Lyse répond qu'il doit la laisser tranquille que sinon elle va alerter la police, qu'elle a des preuves de ses menaces par messages écrits et par les messages laissés sur son portable qu'elle a enregistrés dans son lecteur de MP3. Lyse ne sait pas si ce sont ses mots ou ceux du pasteur qui font taire Lenny, peut-être à son habitude veut-il éviter que les gens ne voient son vrai visage, mais à partir de ce jour-là, il cesse de harceler Lyse. Quelques temps après la séparation, la mère de Lyse reçoit une lettre du centre de la France. Elle lui est adressée, est écrite à la main et signée par la mère de Lenny. Cette lettre est en fait une lettre d'insultes dirigées vers Lyse. La mère de Lenny indique en effet combien son fils est meilleur et supérieur à Lyse, elle écrit explicitement qu'il mérite mieux qu'elle, que sa fille n'est qu'une traînée. La mère de Lyse hésite à en parler à sa fille mais elle le fait quand même. Le choc de la lecture de cette missive passé, Lyse et ses parents se rendent compte que Lenny et sa famille sont à plaindre. Leur méchanceté et leur arrogance ne peuvent être les signes de personnes heureuses, épanouies et équilibrées. Lyse entame une procédure

court where the judge pronounced her divorce, she feels free and serene again. Life can go on.

At first, Lyse lacks confidence and sometimes feels sad. She feels afraid from time to time, but that feeling subsides little by little. She often asks herself questions and feels guilty, wondering how she could have made this horrible mistake, but she ends up telling herself that it is a mistake but not all of it is her mistake, that she was manipulated by a smart and sick man. Once this page is definitely turned, she gets back on her feet and enjoys life, as much, if not more, than before this absurd episode. She realizes that she is free and happy, that she can enjoy every minute of life, every second. This feeling of regained freedom is powerful. She is satisfied at work, has a schedule that fits perfectly, her colleagues are happy to have her among them, the students are motivated and kind, she couldn't have dreamed of anything better. Lyse strengthens her relations with her family. She forges again ties that hadn't been broken, that had only been

de divorce, elle n'a pas à parler ou à écrire à Lenny qui a une avocate. Tout se passe donc par son intermédiaire et quelques mois après la séparation, ils ont rendez-vous dans un tribunal de New-York. Lyse est accompagnée de l'amie qui l'avait aidée au début de la séparation et Lenny qui ne les regarde pas ni ne leur dit bonjour est accompagné de son avocate. Lyse est tendue, stressée de revoir cet homme nocif, mais lorsqu'elle sort du tribunal où le juge a prononcé son divorce, elle se sent libre et à nouveau sereine. La vie peut continuer.

Les premiers temps, Lyse manque un peu de confiance en elle et se sent parfois triste. Elle a quelques craintes qui s'estompent petit à petit. Elle se pose également des questions et culpabilise, se demandant comment elle a pu commettre cette grossière erreur, elle finit cependant par se dire que c'est une faute mais que tout n'est pas sa faute, elle a été manipulée par un malade intelligent. Et une fois cette page définitivement tournée, elle reprend le dessus et profite de la vie, autant, si ce n'est davantage, qu'avant cet épisode absurde. Elle se rend compte qu'elle est libre et heureuse, qu'elle peut jouir de chaque minute de la vie, de chaque seconde. Ce sentiment de liberté retrouvée est puissant. Elle s'épanouit dans son travail, elle a un emploi du temps qui lui convient parfaitement, ses collègues sont ravis de l'avoir parmi eux, les étudiants sont motivés et gentils, elle ne pouvait rêver mieux. Lyse consolide ses relations avec

stretched. She discusses with her loved ones, especially with her parents and sister. They talk on the phone, joyfully reunite when she goes back to France or when they come visit her in New York City. Their ties are reinforced. Lyse also sees her friends again. As they had been kept at a distance, some of them need a bit of time, then their relationships strengthen. Lyse starts going out again, she likes dancing, and with two friends they sign up for dance lessons. She learns the basics and little by little feels more confident. She befriends other dancers, and another group of friends is formed. Lyse does what she loves, what she enjoys. She plays sports again, goes on walks in the city streets and parks, cooks nice meals, takes time to listen to herself. She appreciates the fact that she can do what she likes, when she likes. She enjoys simple moments of life: a conversation with a loved one, a cup of hot tea, a captivating book, a good meal, a quiet moment by herself at her place, etc. All the everyday pleasures contribute to her happiness, she is aware of her luck and her freedom. Lyse rebuilds herself, finds her true identity again, and lives serenely. She comes out of this ordeal stronger, more mature. She simply hopes that other women, that men or children, won't fall into the claws of people similar to Lenny, pernicious mix of Tartuffe and Othello.

sa famille. Elle retisse les liens qui ne s'étaient pas brisés, seulement distendus. Elle échange avec les siens, avec ses parents et sa sœur notamment. Ils discutent au téléphone, se retrouvent avec joie quand elle rentre en France ou quand ils viennent lui rendre visite à New York. Leurs liens sont renforcés. Lyse revoit également ses amis. Comme ils avaient été éloignés, certains ont besoin d'un peu de temps, puis leurs relations se consolident. Lyse recommence à sortir, elle aime danser et avec deux amis, elle s'inscrit à des cours de danse. Elle apprend les bases et peu à peu se sent plus confiante. Elle sympathise avec d'autres danseurs et un nouveau groupe d'amis se forme. Lyse fait ce qu'elle aime, ce qui lui fait plaisir. Elle reprend le sport, fait des promenades dans les parcs et rues de la ville, cuisine de bons petits plats, prend le temps de s'écouter. Elle apprécie le fait de faire ce qu'elle veut, quand elle le veut. Elle savoure les moments simples de l'existence : une conversation avec un proche, une tasse de thé chaud, un livre captivant, un bon repas, un moment de calme seule chez elle, etc. Tous les petits bonheurs du quotidien contribuent à la rendre heureuse, elle est consciente de sa chance et de sa liberté. Lyse se reconstruit, retrouve sa vraie identité et vit sereinement. Elle ressort plus forte de cette épreuve, mature, grandie. Elle espère simplement que d'autres femmes, que des hommes ou des enfants, ne tomberont pas dans les griffes de personnes similaires à Lenny, mélange néfaste de Tartuffe et Othello.

www.ingramcontent.com/pod-product-compliance
Lightning Source LLC
LaVergne TN
LVHW091712190726
843493LV00001B/274